親子の絆を確かめて

親子十手捕物帳④

小杉健治

時代小説文庫

角川春樹事務所

目次

第一章　再会

一

夏の終わりを感じさせるような爽《さわ》やかな夜風が風鈴の音を鳴らして大川端《おおかわばた》の二階の座敷に入り込み、辰五郎《たつごろう》の頬《ほお》を気持ちよく撫《な》でた。外に目を向けると、空には薄い月、大川には屋形船の灯がいくつも浮かんで見える。

辰五郎と滝三郎《たきさぶろう》、ふたりだけの座敷だったが、すでに何合も呑《の》んでおり、顔を仄《ほの》かに赤らませている。

「そういや、お前とこうやって差しで話すのは初めてだな」

辰五郎は猪口《ちょこ》を手にしながら、ふと呟《つぶや》いた。

「ええ、辰五郎親分とこうやって呑めるようになるとは思いもしませんでしたよ」

「もう俺《おれ》は親分なんかじゃねえ。ただの薬屋の旦那《だんな》だ」

「でも、私からしてみたら、いつまでも親分なんです。それは誰《だれ》からしても同じでしよう？」

滝三郎が言った。

岡《おか》っ引《び》きを引退してから五年以上経《た》つが、未《いま》だに町の衆からは親分と呼ばれている。

「お前はすごい変わりようだ」

辰五郎は嬉《うれ》しいため息をついた。

滝三郎は並木町《なみきちょう》にある『大川屋《おおかわや》』という酒問屋の三代目だ。四十近くになるが、十代の頃《ころ》は暴れん坊で、仲間たちと徒党を組み、観音組《かんのんぐみ》と名乗って、ただ派手な着物で盛り場を闊歩《かっぽ》していた。人殺しや盗みなどの凶悪なことはしないが、喧嘩《けんか》になることも多く、厄介者と見なされていた。辰五郎がまだ岡っ引きの頃には、何度も世話を焼かされた。

しかし、観音組の多くはちゃんとした商家の子息で、母が殺されたことをきっかけに改心した滝三郎のように、真面目《まじめ》に商いに取り組み、今では旦那と呼ばれている者たちが殆《ほとん》どである。

『大川屋』を継いだ滝三郎は、今では父親よりも店を大きくして、儲《もう》けた金を貧しい者たちのために使ったり、町内のまとめ役をしていた。

辰五郎はたまに滝三郎と顔を合わせることがあったが、特にゆっくり話をした覚えがない。それが、先日浅草寺を訪れたときにばったり出くわして、今度都合を合わせて呑もうということになった。元々、辰五郎も滝三郎のように、家業を手伝わず好きな捕り物をしていたので、似たもの同士だと感じており、自分が世話を掛けられた者が今では世間の尊敬を集めるほどにもなったということに興味を覚え、機会があればゆっくり話したいと思っていた。

「子どもはいるのか？」

辰五郎はきいた。

「三人います。皆、女の子ですけど」

滝三郎が答えた。

「そうか。いくつになるんだ」

「上の子が十で、続いて、八つ、六つです」

「そうか、女三人も大変だな。俺のとこは男と女ひとりずつだ」

「聞いていますよ。ご子息は忠次《ちゅうじ》親分の手下として働いているって」

「ああ。最近、ちょっとは使えるようになってきたがな」

「辰五郎親分のご子息ですから、きっと大親分になりますよ」

「だと、いいけどな」

辰五郎はそう言いながらも、自分の倅《せがれ》が確かに成長している姿を誇らしく思っていた。

「昔の仲間とは付き合いがあるのか」

辰五郎は酒を注《つ》いでもらいながらきいた。

「ええ、一番親しかった松蔵《まつぞう》なんかは実家の『駒水《こまみず》』を継いで、私が酒を卸していることもあって、未だにしょっちゅう会いますよ。今日も『駒水』にしようかと思っていたのですが、生憎《あいにく》座敷がいっぱいでして」

『駒水』は駒形町《こまがたちょう》にある料理茶屋だ。

「松蔵ってえのは、あの大きくて喧嘩の強かった奴《やつ》か」

「そうです。昔は怒らせたら、何をしでかすかわからない奴で」

「そういや、浅草寺の境内《けいだい》で、三十人を相手に一歩も引けを取らなかったっていうのは松蔵だったたか」

「よく覚えていますね」

「当たり前だ。観音組の奴らには大分手を焼いたからな」

辰五郎は笑いながら言って、酒を呑んだ。

「松蔵のことを私なんかは、大松《おおまつ》って呼んでいました」

滝三郎は遠い目をして言った。

「そうだ、小松《こまつ》って呼ばれている奴もいたな」

辰五郎はふと思い出したように言った。

「ええ、松之助《まつのすけ》っていう背が低かった奴です」

松之助の名前は何度も耳にしているが、ぼんやりとしか容姿を覚えていない。なかなか整った顔立ちだったような気はする。

「松之助はどうしているんだ」

「さあ、それが……」

滝三郎は首を傾《かし》げた。

「わからねえのか」

「ええ、観音組であいつだけはどこで何をしているのか。誰からも小松の話は出ないんです」

「何かしでかして江戸にいられなくなったか」

「いや、あいつはそんなヘマをするような奴ではないと思うんですけど」

「そうか。一体、どんな奴なんだ?」

辰五郎はきいた。

「人付き合いが苦手な無口な奴でしたが、とにかく頭は切れました。顔もよかったので、女からちやほやされていましたが、そういうことにも関心がないような不思議な奴でした」

滝三郎は答えた。

「松之助は喧嘩をしなかったのか」

「はい。あいつはちょっと尋常じゃない目つきをすることがありましたから、相手も下手に手を出してこられなかったんでしょう」

「なるほどな」

滝三郎の話を聞いていると、段々と松之助のことを思い出してきた。

そういえば、一度よそ見をしながら歩いていたときに、松之助と肩がぶつかったことがある。振り向いた松之助の目つきがあまりに鋭かったため、歯向かってくるのかと思いきや、「すみませんでした」と頭を深々と下げられた。

「松之助はどこの店の倅だったんだ」

「それが思い出せないんです。いや、あの時から知らなかっただけかもしれませんがね」

「他の奴らも覚えていないのか」

「恐らく覚えていないと思うんです。まあ、改まって松之助の話をするわけじゃありませんが、誰もあいつのことは触れませんので」

「まあ、松之助のことは俺もよく知らねえからいい。今度、松蔵とも呑みたいもんだな」

「是非。あいつも辰五郎親分には随分お世話になりましたから、喜ぶと思いますよ」

滝三郎が嬉しそうに言った。

以前、松蔵が営む料理茶屋で酒宴に呼ばれたことがあったが、生憎松蔵は店におらず、会うことはなかった。

それから、しばらく他愛《たわい》もない話をしていると、

「それで、親分。今日お呼びしたのは、それだけじゃねえんです」

滝三郎が急に顔色を改めて話し出した。

「なんだ」

辰五郎も姿勢を正してきいた。

「あっしの母が殺されたことを覚えていますか」

「ああ、もちろんだ」

十七年前の六月朔日《ついたち》の朝、滝三郎の母は霊巌島《れいがんじま》四日市町《よっかいちまち》の新川大神宮《しんかわだいじんぐう》の境内で死体

になって発見された。駆け付けた箱崎町《はこざきちょう》の岡っ引き、繁蔵《しげぞう》が死体を検《あらた》めてみると、前日の夕方から夜にかけて殺されたと見られた。なお、持っていた財布がなくなっていることもわかった。その後の探索により、近くに住んでいた石助《いしすけ》という十七になる貧しい男の家から盗まれた財布が見つかったこともあり、捕らえられた。石助は初めは否定していたものの、拷問を受けたのちに、金欲しさにやってしまったと認め、遠島《えんとう》の刑に処せられた。

「その時の下手人の石助の顔を覚えていますか」

「痩《や》せていて、目が吊《つ》り上がっていて怒りっぽそうだったっけ」

「ええ、そうです。実は半年ほど前に恩赦があって、石助が島から戻ってきたという噂《うわさ》をきいたんですよ」

「なに、戻ってきた？」

「そうなんです。それから、近ごろ『大川屋』の付近に笠《かさ》を被《かぶ》った行商人が現れるって番頭が言うんですよ。私は一度もその男を見ていないんですが」

「それが石助じゃないかと疑っているのか」

「いえ、まだわからないですが……」

「その行商人は番頭だけが見ているのか」

「いえ、手代や女中なんかも見たと言っています」

「そうか。今度、様子を見に行く」

「えっ、親分が直々に？」

「そうだ」

「いえ、親分にそんなことをさせるのは」

滝三郎が遠慮がちに言った。

「そのことで俺を呼んだんじゃないのか」

辰五郎は見抜いた。

「ええ」

滝三郎が口ごもった。

「もし仮に行商人が石助だったら、カッとなって仕返しをしてしまうかもしれない。そういう恐れを抱いたんじゃないのか」

「恐れ入ります。実はそうなんです」

滝三郎が認め、

「仮に石助だったら、親分にも何をするかわかりませんが」

と、申し訳なさそうに言った。

「歳《とし》は取ったと言っても、腕にはまだ自信がある。行商人が現れたら、俺のところに報《しら》せてくれ」

辰五郎は自信に満ちた笑顔を作った。

「それにしても、その行商人が石助だとしたら、何のために現れたのだろう。心当たりはないか」

「はい」

「まさか、私に詫《わ》びに来るとは思えませんが……」

滝三郎が首を捻《ひね》った。

「ただの行商人かもしれない。誰も危害を加えられたわけじゃないんだろう」

「はい」

「まあ、俺に任せろ」

「お頼み申します」

ふたりはまた昔話に戻って酒を酌《く》み交わした。しばらくすると、突然階段を上がってくるせわしない足音が聞こえ、やがて辰五郎たちの座敷の前で止まった。

「旦那さま、失礼します」

襖《ふすま》が開かれ、三十くらいのがっしりとした体の男が入って来た。この男は『大川屋』の番頭であった。

「女中の不始末で、離れで小火《ぼや》を起こしてしまいました」

番頭は息を切らしながら言った。

「なに？」

滝三郎がきき返した。

「すぐに消し止めました。ただ、近くにいた繁蔵親分がやって来て、付け火じゃないかと言って調べています」

「付け火だと？」

「裏木戸から行商人が逃げていくのを見かけたそうです」

「あの行商人か？」

「そこまではわかりませんが」

番頭が不安そうな顔で答えた。

滝三郎は眉間《みけん》に皺《しわ》を寄せ、どこか一点を見つめて考えていた。

「他に被害はなかったのか」

辰五郎が口を挟んだ。

「はい。いま繁蔵親分が調べています」

番頭が辰五郎に顔を向けて答えた。

繁蔵は定町廻《じょうまちまわ》り同心、赤塚新左衛門《あかつかしんざえもん》の下で働いている岡っ引きで、強引な探索や、何かやましいことがある人間から黙って見逃す代わりに金を巻き上げることもしているらしい。

辰五郎も現役の時には、繁蔵と一緒に動き回っていたが、意見が合わなくて何度も対立をした。繁蔵は赤塚の弱みを握っており、そのせいで強く出ている。

「もう店に戻った方が良いだろう。また今度ゆっくり話そう」

「じゃあ、そうさせて頂きます」

滝三郎は頭を下げて、番頭と一緒に座敷を出て行った。

辰五郎はひとりで呑む気にもなれず、すぐに帰ることにした。

帳場に行ってみると、すでに滝三郎から代金を貰《もら》っているとのことで、辰五郎はそのまま店を出た。

大富町《おおとみちょう》の自宅まで帰ろうと歩き始めていたが、滝三郎の様子を見てからにしようと思い、『大川屋』に立ち寄った。

店の前では十人ほどの野次馬が遠巻きに見ていた。特に大きな被害もなさそうで、外からだと何の変哲もない。

辰五郎は『大川屋』を裏の方にぐるっと回った。

ちょうど、裏木戸から繁蔵が手下ふたりと出てきた。前よりも顔のたるみが増し、恰幅《かっぷく》のいい体に太々《ふてぶて》しい顔をしている。辰五郎を見るなり、「おっ」と不快そうな目つきをして、片眉《かたまゆ》を上げた。

「小火はどうだったんだ」

辰五郎はきいた。

「まだわからねえ」

「行商人を見たっていうのは本当か」

「そうだ。たまたまこっちのほうに用があって通りかかっただけだ。俺の縄張りじゃねえからな」

繁蔵は吐き捨てるように言って、過ぎ去ろうとした。

「ちょっと、待ってくれ。石助のことできたいことがあるんだが」

辰五郎は呼び止めた。

「石助？」

繁蔵は低い声でき返した。

「十七年前に、滝三郎の母親が殺されただろう。その時の下手人だ。お前さんが捕まえただろう」

「ああ」

「あいつが恩赦になって、こっちに戻ってきたそうなんだが」

「そうみたいだな。だが、そんなこと知ったこっちゃない」

繁蔵はそう言い放つと、手下を連れて帰って行った。

辰五郎は裏木戸から入り、小火が出たと思われる離れを見たが、外から見ただけでは何があったかわからなかった。

離れの前で、滝三郎が番頭と何か話をしていた。

辰五郎は声だけ掛けて帰ろうとしたが、その時滝三郎が誰かに呼ばれて母屋《おもや》に入って行ったので、何も告げずに『大川屋』を後にした。

二

夜五つ半（午後九時）過ぎ、久松町《ひさまつちょう》の方で喧嘩があったという報せで、辰吉《たつきち》は忠次と共に駆け付け、仲裁に入り場を鎮めてから通油町《とおりあぶらちょう》にある料理茶屋『一柳《ひとつやなぎ》』の前に戻ってきた。暦《こよみ》の上では、もうすぐ夏が終わろうというのにまだ暑さが残っていた。

季節外れの蛍の薄黄色い光が辰吉の袖《そで》をかすめた。

「ご苦労だった。また、明日」

忠次が手をかざしてから、戸をくぐって店の中に入って行った。

「へい、親分。おやすみなさい」

辰吉は頭を下げて、『一柳』を離れた。その時、白地の浴衣《ゆかた》を着ているらしい女が俯《うつむ》きながら歩いてくるのが見えた。

暗がりなので顔はよく見えなかったが、まだ二十歳《はたち》にもなっていない娘のようだ。

娘はちらっと辰吉を見てから目の前に近づいた。すぐに顔を背け、少し足を速めて歩き出した。その歩き方がどことなく奇妙であった。

（夜分に、娘が一人でどこへ行くのだろう）

辰吉が気になって過ぎ去っていく後ろ姿を見ていると、娘がつまずいて倒れた。

辰吉はすかさず近寄って、

「大丈夫かい」

と、手を差し伸べた。

「はい、すみません」

娘は辰吉の手を支えに立ち上がった。

ふと、娘の足元を見ると、裾《すそ》が破れていた。さらに、血が滲《にじ》んでいるようだ。変な

歩き方だったのは怪我《けが》をしていたからかと思い、

「その怪我どうしたんだ」

と、きいた。

「いえ、何でもないんです」

娘は裾の汚れを手で払いながら答えた。

「何でもないはずはねえ。近くだから、手当してしてやろう」

辰吉は心配になってきいた。

「いいんです」

「でも、早いに越したことない」

「ほんと、大丈夫ですから」

娘は頑《かたく》なに断って、再び歩き出した。その時、こめかみに傷があるのに気が付いた。

辰吉は不審に思い、娘に付いて行った。

「これから家に帰るのか」

辰吉はきいた。

「ええ……」

娘は横目で辰吉を見ながら答えた。

「あっしは岡っ引きの忠次親分の手下の辰吉ってもんだ」

辰吉はまず名乗ってから、

「もう夜も遅いし、ひとりで出歩いていちゃ物騒だ」

と、注意した。

「……」

娘は立ち止まり、辰吉に顔を向けながら、何か言おうとしていたが、言葉が出てこないようだった。

その時、前から三味線《しゃみせん》の長箱を若い男の弟子に持たせた、三十手前の面長に切れ長の目をした女がこちらに向かってやって来た。

近所に住む長唄《ながうた》の師匠《ししょう》、杵屋《きねや》小鈴《こすず》であった。

「辰吉じゃないかえ」

小鈴が声を掛けてきた。

「師匠」

「娘さんをこんな遅くに歩かせちゃいけないよ」

小鈴が軽くたしなめるように言った。

「いえ、違うんです。たまたま通りがかった人なんですが、怪我をしているんで、あっしが手当てしてやるって言ったんですけど、大丈夫だって言うんで」

辰吉は娘のこめかみと足元を指した。

「あら、血が滲んでいるじゃないか」

小鈴が辰吉の気持ちを読み取ったような顔をして答えた。

「本当に大丈夫なんです」

「こういうのを放《ほう》っておかない方がいい。傷口から病になってしまうから」

小鈴がそう言って、

「お前さん、ちょっとうちへお出《い》で」

と、娘に向かって言った。

「……」

娘が黙っていると、小鈴が娘の手を引いて歩き出した。

小鈴の家に着くと、弟子が持っていた三味線の長箱を壁際においてから、「では、師匠。あっしはこれで」と出て行こうとした。

「ちょっと、待っておくれ。帰りがけに、春陽《しゅんよう》先生を呼んでくれるかえ」

小鈴が頼んだ。楠木《くすのき》春陽という近くにいる名医だ。

「辰吉、悪いが水を汲《く》んできておくれ」

小鈴が辰吉に指示した。

「へい」

辰吉は流しに行き、甕《かめ》から盥《たらい》に水を汲んで、灯《あか》りが点《とも》っている居間へと向かった。

暗がりでは、白地しか見えなかった娘の浴衣であったが、観世水《かんぜみず》の柄が紺で描かれていた。

小鈴は布を何枚か盥に浸し、それを絞った。

辰吉も手伝い、娘のこめかみと足の傷口をきれいにした。娘は顔をしかめて、痛みに耐えるような顔をした。

明るい所で改めて見ると、娘は目鼻立ちの整った綺麗《きれい》な顔立ちだったが、まだ幼さが残っていて、年の頃、十七、八といったところだろうか。

「お前さん、名前は何て言うんだ」

辰吉が汚れた布を盥で絞りながらきいた。

「……」

娘は目を背けたまま答えない。

「どうしたんだ」

辰吉が顔を覗《のぞ》き込むようにしてきいた。

「思い出せないんです」

娘は辛《つら》そうな顔をして、頭を掻《か》きながら言った。

「思い出せない？」

「はい……」

「そんな馬鹿な」

辰吉はそう言い放って、娘の顔をじっくりと見た。娘は不安そうな顔をしており、辰吉を騙《だま》そうとしているようには思えなかった。

「じゃあ、住まいも覚えていないのか」

辰吉は少し優しい口調できいた。

「はい……」

「じゃあ、生まれは？」

「思い出せません」

娘は目を閉じて、首を横に振った。

「その恰好《かっこう》を見れば、旅姿ではないから、江戸に住んでいるんだろうな」

辰吉が顎に手を遣《や》って考えた。

以前怪しいと思って声を掛けた者のなかに、この娘と同じように自分の名前さえ覚えていないと言ってきた男がいた。その男はいくら辰吉が強い口調できいても白を切っていたが、忠次が代わって話をきくと、実は泥棒だということを白状した。

「お前はまだ若いから、そういう奴らになめられている。もしまた同じようなことがあったら、俺に初めから頼んでこい」と、忠次から言われた。しかし、この女がその時の男のように嘘《うそ》を付いていると思えないし、どうすればいいのか考えあぐねた。

「ちょっと、私に代わらせておくれ」

小鈴はそう言って娘に近づき、顔を覗き込むようにして、

「お前さん、本当に思い出せないのかい」

と、心配するようにきいた。

「はい」

娘は小鈴に向かって頷《うなず》いた。

「とりあえず、覚えているところまででいいから、話してくれないかい」

小鈴は娘に向かって優しく言った。

娘は頭を押さえ、顔をしかめながら話し出した。

「はい。私が目を開けると、どこかの小屋の中で倒れていました。小屋には誰もいなかったので、外に出てみました。もう日が暮れていて、自分がどこにいるのかもわか

りませんでした。それから途方もなく、ただ歩き続けたんです」

「そこからがわからないんだね」

「ええ……」

娘は力なく頷いた。

その時、戸が開く音がして、

「師匠、お連れしました」

と、弟子と一緒に長い顎鬚《あごひげ》を生やした六十過ぎの楠木春陽が往診用の三段になっている薬箱を持ってやって来た。

「先生、この娘です」

小鈴が指で示した。

春陽は娘の傍《そば》に座り、傷口に薬を塗った。

「辰吉さん、ちょっと、こっちへ来て手伝っておくれ」

小鈴が部屋を出た。辰吉は付いて行った。

台所に着くと、

「とりあえず、あの娘は私が面倒を見るよ」

小鈴がぼそっと言った。

「でも、師匠。気を付けてくださいよ」

辰吉はまさか女が物を盗《と》ったりすることはないと思ったが、一応注意を促した。

「そんな風に見えないよ。それに、知り合いから聞いた話なんだけど、突然自分の名前も住まいも思い出せなくなったひとがいたらしいんだ。そのひとも頭に怪我をしていたって。もしかしたら、何かの折に頭を激しく打って、忘れちまったのかもしれない」

「そうなんですかね。でも、師匠にそんな面倒をかけるわけにはいきません。あっしが預かりますよ」

辰吉は小鈴の目を見て言った。

「年頃の娘だよ。見ず知らずの男とふたりきりで夜を過ごすなんて、世間体もあるだろう」

「まあ、そうですが」

「明日、詳しいことを忠次親分に伝えに行けばいいから」

小鈴が任せろという風に頷いた。

「わかりました。じゃあ、お願いします」

辰吉は軽く頭を下げた。

それから、小鈴はさっき呼ばれた座敷で土産《みやげ》に貰ったという稲荷寿司《いなりずし》を皿に乗せ、女の元に運んだ。

辰吉も小腹が減っていたので、ひとつ食べてから小鈴の家を後にした。

翌朝、辰吉は明け六つ（午前六時）に目が覚めると、顔を洗ってから長屋を出て、急いで小鈴の家へ行った。

表の戸を叩《たた》くと、しばらくしてまだ紅を差していない小鈴が現れた。

「師匠、大丈夫ですか」

辰吉は慌ててきいた。

「そんなに心配しなくたっていいよ」

小鈴が呆《あき》れたように言った。

「あの娘は何か言っていましたか」

「いや、夢で相当うなされていたけど、まだ何も思い出せないそうだ」

「うなされた？」

「余程、恐《こわ》い思いをしたのかもしれない。それに、ちょっと熱もありそうなんだ。栄養のあるものを食べさせて、ゆっくり休ませてやるよ」

小鈴が大らかに言った。

「師匠、迷惑じゃありませんか」

「娘のひとりくらいどうってことないよ。それより、あの子が何で怪我をしているのか調べたらどうだい。誰かに襲われたのかもしれない」

「そうですね」

辰吉は頷いた。

「そういや、近々実家に戻ることはあるかい」

小鈴が思い出したようにきいた。

「大富町ですか」

「そうだよ」

「まあ、しばらく顔を出していないんで、そろそろ行こうかと思っていたんですが」

「そうかい。それなら、お凜《りん》ちゃんに伝えてもらいたいことがあるんだ」

「何です？」

「鬼灯市《ほおずきいち》の夜に、駒形町の『駒水』の座敷に何人か三味線弾きを頼まれたんだよ。十日だよ。お凜ちゃんがその日行けるかどうか聞いておいてくれないかえ」

「十日の夜ですね」

辰吉が確認すると、小鈴が頷いた。

鬼灯市は、毎年七月九日、十日に、十日の四万六千日《しまんろくせんにち》の縁日に伴って浅草寺で催される。他の寺社でも、それに倣《なら》って行われている。そもそも四万六千日とは、功徳日《くどくにち》と呼ばれる縁日で七月十日にお詣《まい》りすると、四万六千日分の功徳が得られるというものである。

「じゃあ、またあとであの女の様子を伺いに来ますから」

辰吉はそう言って、小鈴の家を離れた。一度、長屋に帰り、朝飯を摂《と》ってから、五つ（午前八時）にいつものように『一柳』の勝手口から中に入り、忠次の部屋に立ち寄った。

安太郎《やすたろう》、福助《ふくすけ》、政吉《まさきち》ら手下の兄貴分たちが既《すで》に揃《そろ》っており、忠次は煙管《きせる》を喫《の》みながら様々な報せを受けていた。

辰吉は端《はし》の方に座り、兄貴分たちの話を聞いていた。安太郎の話によると、本所一《ほんじょひと》つ目《め》で無宿者が襲われて、大怪我を負ったらしい。

「まだわからねえんですが、薬研堀《やげんぼり》の勝次郎《かつじろう》たちがやったっていう噂も」

安太郎は口にした。

薬研堀の勝次郎というのは、よく盛り場などで暴れまわっている輩《やから》の頭で、まだ二十歳の男だ。父親は大名お抱えの典医である。女好きのしそうな端整な顔とは裏腹に、かなりの暴れん坊という噂だ。最近、勝次郎が絡んでいるのではないかと噂される事件が頻繁に起こっている。しかし、勝次郎がそれに加わっているという証《あかし》が得られたことはない。それに、忠次の縄張りでそのような揉《も》め事《ごと》はまだ起こったことがなかった。

「そのうち、日本橋界隈《にほんばしかいわい》でも何かされるかもしれねえ。勝次郎に目を付けておけ」

忠次は命じた。

「へい」

安太郎が威勢よく答える。

「辰吉、お前は何かあったか」

忠次は次に辰吉に顔を向けた。

「はい。昨日親分と別れたすぐあと、ここの前でこめかみと足を怪我している娘がいまして、話をきいてみたんですが、その娘は名前も、住まいも、生まれたところも覚えていないって言っています」

辰吉が真剣な目をして伝えた。

「その娘はどうした？」

忠次が煙を吐き出してからきいた。

「小鈴師匠のところで手当てをしてもらっています。いまは熱があるそうで」

「何かあるな。体の具合が良くなったら、さらに話をきいておけ」

「へい」

辰吉は返事した。

それから、忠次は定町廻り同心の赤塚新左衛門の供をするので、今日は安太郎を連れて八丁堀《はっちょうぼり》に向かった。

辰吉は『一柳』を出て、実家のある大富町に向かって歩き出した。通旅籠町《とおりはたごちょう》、大伝馬町《おおでんまちょう》、室町《むろまち》を通り、日本橋を渡ると、楓川《もみじがわ》沿いを進んだ。京橋川《きょうばしがわ》に架かる白魚橋《しらうおばし》を渡ってすぐに左に折れて、三十間堀《さんじっけんぼり》に架かる真福寺橋《しんぷくじばし》を渡ると右手が大富町の蜊河岸《あさりがし》だった。

実家の『日野屋《ひのや》』はそこにある。

辰吉が家に入り、居間に向かうと凜が書き物をしていた。覗いてみると、『日野屋』の商品が一覧になっているものだった。同じものが何枚も並べられて、墨を乾かしていた。

「おい、何しているんだ」

辰吉が声を掛けた。すると、凜は驚いたように筆を止めた。

「兄さん、帰っていたの」

凜は顔を上げた。

「これ、お得意先に配るのよ」

「そうか。相変わらず、字がきれいだな」

辰吉はそのうちの一枚を手に取って呟いた。

「お父《とっ》つあんならいま出かけているわよ」

「いや、小鈴師匠からお前に言付けがあるんだ」

「なに？」

「十日の夜、駒形町の『駒水』の座敷に呼ばれているそうで、三味線が何人か要るということだ」

「四万六千日ね。その日は大丈夫よ。お師匠さんに行きますと伝えておいて」

「ああ、わかった」

廊下から足音が聞こえ、父の辰五郎が居間にやって来た。

「おう、帰って来てたのか」

辰五郎が嬉しそうに言った。

「師匠から凛に言付けがあったんだ。それだけだから、すぐに帰ろうと思っていた」

「そうか。昨日、善太郎《ぜんたろう》がうちにやって来たから、鯖《さば》を買ったんだ。刺サバにしたから持っていくか」

善太郎は辰吉の友達で、魚の棒手振《ぼてふ》りをしている。

塩漬けの鯖のことを刺サバと言い、鯖は足が早いので、日持ちを良くするために、背開きにし、これを塩ものにして、軽く干してから二枚をひと重ねにする。中元の日の祝いものなどにも使われていた。

「じゃあ、これから小鈴師匠のところに行くんで、持って行ってやろう」

「台所に置いてあるから、帰りに取っていくといい」

辰五郎はそれだけ言うと、居間を出て行こうとした。

「ねえ、お父つあん。鬼灯市の夜に、お師匠さんと駒形町の『駒水』という料理茶屋の座敷に三味線を弾きに行ってもいいかしら」

凛が呼び止めてきいた。

「そうか、『駒水』か。なら行ってもいいぞ」

辰五郎は目を細めて言った。

「『駒水』に何か？」

辰吉は口を挟んだ。

「いや、昔の顔馴染《かおなじ》みの店なんだ。『駒水』の旦那は松蔵っていう奴だ。もし会ったら、俺がよろしく言っていたと伝えてくれ」

辰五郎はそう言ってから居間を出て、店の間に向かった。

辰吉は台所に行き、刺サバを持って小鈴の家に向かった。

三

小鈴の家から三味線の音が聞こえていた。弟子に稽古《けいこ》を付けているのだろう。

表の戸は開けてあるので、辰吉はそこから入り、お手伝いの婆《ばあ》さんに刺サバを渡した。

居間に行くと昨夜、助けた娘が足を崩して座り、隣の部屋から響いてくる三味の音に聴き入っていた。昨日と同じ白地に観世水を紺で染めた浴衣に博多《はかた》の単帯《ひとえおび》を締めている。捲《めく》れた裾からは表と同じ柄が裏地にも見えた。

「具合はどうだ」

辰吉が娘の後ろからきいた。

娘は肩をびくっとさせて振り返り、

「だいぶ、よくなりました」

と、辰吉の顔を見て安心したように言った。

「そうか」

辰吉は娘と向かい合わせになるように腰を下ろした。

「お前さん、名前は思い出したか」

辰吉がきいた。

「いえ……」

娘は小さく首を横に振った。

「何も思い出せねえのか」

「ひとつだけ」

「なんだ」

辰吉はすかさずきいた。

「寄席《よせ》のような小屋の前を通ったことは覚えています」

「どこの寄席だ？　その付近に何かあったのは覚えているか」

「隣に湯屋《ゆや》があって、あと近くに団子屋もありました」

娘は言った。辰吉はどこだろうかと考えた。

「まあ、あとで圓馬《えんば》師匠にきいてみよう」

「圓馬？」

「ああ、そういう噺家《はなしか》がいるんだ」

「ちょっと待ってください」

「どうしたんだ」

「その名前を見た気がします」

「見たってどういうことだ」

「小屋の前に黄色い幟《のぼり》があって、そこに大きく名前が書いてあったんです。それが圓馬だった気がします」

少しは手掛かりが摑《つか》めそうだと思って安心した。橘家《たちばなや》圓馬は、霊巌島の越前堀《えちぜんぼり》に住んでいる真打《しんうち》の噺家だ。

「よし、俺がひとっ走りして調べてくる」

「私も行きます」

「でも、お前さんまだ安静にしていなきゃだめだろう」

「大丈夫です。もうよくなりましたから」

「あとで師匠に叱《しか》られるな」

「私が無理に付いて行くんですから」

「仕方ねえな。じゃあ、一緒に行くか」

辰吉は娘と一緒に外に出て、霊巌島に向かって歩き出した。娘はまだ足を引きずるようにしているので、辰吉は歩調を合わせた。

「それにしても、よく圓馬師匠の名前は覚えていたな。そんなに黄色い幟が目についたのか」

辰吉は不思議に思ってきいた。

「ええ、よくわからないですけど、黄色い幟がはためいているのが目に焼き付いていて。圓馬師匠っていうのは、どんなひとなんですか」

娘がきいてきた。

「四十くらいだが、猫背で、しみったれていて、見ようによっては、五十にも六十近くにも見える。でも、まあいい人だ」

辰吉は説明した。

そうこう話しているうちに、ふたりは越前堀の小さな稲荷《いなり》のはずれにある塀で囲われた家に着いた。ここでは夜な夜な賭場《とば》が開かれており、胴元が圓馬だ。圓馬は噺家よりも賭場で稼いでいる。それを好く思わない噺家連中がいるそうで、よく岡っ引きなどに密告されるが、一度も博打《ばくち》をしているところを押さえられていないので、圓馬が捕まったことはない。むしろ、圓馬は胴元をしているのにもかかわらず、なぜか辰五郎や忠次などともそれなりに親しくしている。

辰吉は門をくぐり、庭を通って、表戸を開けた。

「すみません、辰吉でございます」

声を上げると、すぐに背の高いひょうきんな顔付きのまだ十五、六くらいの男が現れた。半年ほど前に、弟子入りをしたばかりの前座だ。

話したことはないが、何度か顔を合わせたことがある。

「辰吉さんでしたね」

前座の男が思い出すように言った。

「師匠は？」

「奥にいます」

「そうかい。ちょっと、上がらせてもらうよ」

辰吉はそう言って、下駄《げた》を脱いで上がった。娘も続いた。

「お履物はそのままで」

前座の男が下足番になった。

廊下を伝って、奥の部屋に向かうと、圓馬の稽古の声が聞こえた。開けっ放しの部屋の前に立ち止まり、

「師匠、すみません」

と、声を掛けて軽くお辞儀をした。

圓馬の噺が止まった。

「なんだい」

圓馬は粘っこい声で、辰吉に顔を向けた。

「ちょっと、おききしたいことがあるんです。中に入っても？」

「まあ、入れ」

圓馬が小さな声で言いながら、手の平で前に座るように示した。

ふたりは圓馬の前に腰を下ろした。

「実はこの娘は自分の名前も住まいも全《すべ》て覚えていないそうなんです。でも、ひとつだけ覚えているのは、黄色い幟に書かれた橘家圓馬という文字と、隣に湯屋があって、近くに団子屋があるということだけなんだそうです」

辰吉が話した。

圓馬は表情を変えずにききながら、

「そりゃ、竹山亭《ちくざんてい》だ」

と、言った。

「竹山亭といいますと？」

「深川黒江町《ふかがわくろえちょう》にある寄席だ」

「師匠がそこに行かれたのはいつでしたか」

「えーと、たしか二日ほど前だったと思ったが」

圓馬はそう言いながら、立ち上がった。部屋の端に置いてある手文庫から日記を取り出し、

「間違いない、二日前だ」

と、断言した。

「お前さん、竹山亭だって。深川だ。何か思い出すか」

辰吉は娘にきいた。

「いいえ」

娘は首を横に振る。

「そうか」

辰吉は頷いてから、

「師匠、ありがとうございました」

と、立ち上がった。

圓馬の家を後にしてから、新川、新堀川《しんぼりがわ》を越え、大川に架かる永代橋《えいたいばし》を渡った。相《あい》川町《かわちょう》を過ぎたところを左に曲がり、そのまま道なりに進んで、福島橋《ふくしまばし》と、八幡橋《はちまんばし》を越えると、黒江町に着いた。

娘が語っていたように寄席の前には幟が掲げられており、近くには湯屋と団子屋がある。

「どうだ？」

辰吉は娘の顔を窺《うかが》った。

「たしか、この団子屋に入ったんです」

「団子を買ったのか」

「多分……」

「まあ、きいてみるのが早いな」

辰吉はそう言って、団子屋の暖簾《のれん》をくぐった。

三十手前くらいの男が団子を焼いていた。醤油《しょうゆ》の香ばしい香りが漂ってきて、辰吉の食欲をそそった。

「ちょいと、お伺いしますが」

声を掛けると、団子屋は顔だけを向けた。

「あっしは通油町の忠次親分の手下で辰吉って言います。この娘に見覚えはありませんか」

団子屋は、娘に顔を向けた。

すると、「もしかして」と言って考え込んだ。

「覚えがあるんですね」

辰吉がすかさずきいた。

「ええ、お前さんを覚えていますよ。男のひとと一緒に来ていた」

団子屋が思い出したように言った。

「男？」

辰吉がきき返した。

「ほら、額に傷があって、浅黒い……」

辰吉は団子屋が説明している間に女を見た。女はわからないというような目をしている。

「あれ、私の勘違いでしたかな……」

団子屋は自信を失《な》くしたように言った。

「旦那、その男のことをちょっと教えてください。この娘は自分の名前すら思い出せねえもんでして」

辰吉が言うと、団子屋は不思議そうな顔をしながら話し出した。

「二日前の夕方、雨が止《や》んですぐでした。もう店じまいしようと考えていたところ、この女の方と額に傷がある三十代半ばくらいの色の浅黒い男が一緒に来たんです。男はパッと見て何の仕事をしているのかわかりませんでした。ふたりは険しい雰囲気で、特に話をしているわけでもありませんでした。男はみたらしときなこを頼み、隣にいたこの女の方に何か買うかきいたんです。そうそう、おりさとか呼んでいましたよ」

「おりさ……」

辰吉が隣を見た。

娘は頭に手を遣って、思い出そうとしているような仕草をしていた。

「それで、おりさは何て答えたんです」

辰吉が団子屋にきいた。

「ただ首を横に振っていました。ちょっと、異様だったんで覚えているんですよ」

「じゃあ、団子は男だけが買って帰ったんですね」

「ええ」

「おりさは男に何か言っていませんでしたか」

「いえ、口を閉ざしたままでしたね」

「そうですか。他に何か気になったことはありませんか」

「いえ、特に……」

団子屋がそう答えた時、客が店にやって来た。団子屋は「いらっしゃいまし。すぐに伺いますので」と客に告げた。

「すみません、お邪魔しました」

辰吉は挨拶《あいさつ》をしてから店を出た。

「おりさっていう名前みたいだな」

「そうみたいですね。少し思い出しました」

「思い出した？」

「ここに来る前にどこか腰掛茶屋のようなところに寄ったんです」

「近くのか」

「そこまでは……」

おりさは首を傾げた。

「まあ、近くを歩いてみよう」

辰吉はおりさを連れて、黒江町を当てもなく歩き出した。ここは富岡八幡宮《とみおかはちまんぐう》の近くで、参拝客もよく通っていた。職人、行商人、商家の内儀さん、武士や僧侶《そうりょ》など、様々なひとが歩いている。

しばらくして、道端に大きな木が見えたとき、

「あっ」

と、おりさが声を上げた。

「どうしたんだ」

辰吉はきいた。

「この木に覚えがあるんです」

おりさはそう言って、そこへ近寄った。

木の前は、狭いが腰掛茶屋であった。

おりさは中の様子を覗いている。

「入ってみよう」

ふたりは暖簾をくぐった。

狭い店には古びた床几《しょうぎ》がいくつか据えてあった。年寄りたちが集まって、笑い話をしているところだった。

「どうぞ、空いている処《ところ》へ」

この店の女房らしい愛想の好い中年の女が声を掛けてきたので、辰吉は入り口近くに腰を下ろした。

すぐに冷たい茶と菓子の盆がやって来た。辰吉は湯呑《ゆのみ》を持って、ぐいと口に傾けた。渇いていた喉《のど》が急に潤って、蘇《よみがえ》るようであった。

「辰吉さん、そうです。ここで、このお茶と菓子をいただきました」

おりさは声を上げた。

「ちょいと」

辰吉は店の奥を振り返り、女房を呼んだ。

「はい、なんでしょう」

女房が腰を屈《かが》めてきいた。

「二日前、この女がここに寄ったと思うんだが覚えはないですかい」

辰吉が言うと、女房がおりさを見た。

「あっ、男の方と一緒にいた」

女房が思い出したように言った。

「額に傷がある、浅黒い顔の男でしたか」

辰吉が身を乗り出すようにきいた。

「はい」

「詳しく教えてくれませんか」

「えっ」

女房は不思議そうな顔をしておりさを見た。

「あっしは通油町の忠次親分の手下で、辰吉っていうもんなんです。ちょっと、訳がありまして。この娘は自分が誰かも覚えていないんですよ」

辰吉が説明を加えると、女房は話し出した。

「たしか、夕七つ（午後四時）頃でした。雨が降っていて、少し肌寒かったんです。店には私と主人以外は誰もおらず、暇を持て余していたんです。そんな時に、おふたりが入って来たんです」

女房が手の平でおりさを指した。

「何か話していましたか」

「いいえ、おふたりとも押し黙ったままで、男が時たまぼそっと何かを言っていましたが、私には聞こえませんでした」

「そうですか」

「あ、ただ私がお詣《まい》りのお帰りですかときいたら、これから近くに泊まるんだと言って、『花屋《はなや》』という宿屋を知らないかときいてきたんです」

「『花屋』という宿屋ですか」

辰吉は繰り返した。

「はい。一本向こうの通りにあるんです」

女房は教えてくれた。他に知っていることはなさそうだった。

少し休憩をすると、辰吉は代金を払って腰掛茶屋を出た。

「お前さんが泊まったっていう『花屋』に行ってみよう」

辰吉はそう言って、歩き出した。

辰吉とおりさは『花屋』と看板が書かれている処へ入った。木賃宿《きちんやど》まではいかないが、『花屋』はそれほどたいそうな宿屋ではなかった。

入ってすぐの帳場に、ここの主人であろう中年の男がぼーっとしていたが、辰吉が声をかけると、慌てたように頭を下げた。

「お泊まりですか」

主人がきいた。

「いえ、違うんで。あっしは通油町の岡っ引きの忠次親分の手下で辰吉っていう者ですが、この女に見覚えがありませんか」

辰吉がおりさの背中を軽く押して、前に出した。

「二日前なんですがね」

そう付け加えると、主人はおもむろに宿帳を捲って、

「ここに書かれたおふたり連れではありませんか」

と、言った。

辰吉が宿帳を手に取ってみてみると、そこには丸っこい文字で与三郎《よさぶろう》という名前と小金井《こがねい》の住まいが書かれていた。その隣には、おりさという名前もあった。どちらも同じ筆跡だ。

「男の方は字が書けないとか言って、この方に書かせていましたよ」

主人は思い出したように言った。

「男は額に傷があって、浅黒かったですか」

「ええ、たしかそんな感じです」

「ふたりは始終無言でしたか」

「男が何か言い付けるくらいでした」

「そうですか。ふたりはどれくらい泊まっていったんです？」

「一晩だけです」

「これからどこへ行くとか言っていましたか」

「いえ、そこまでは聞いていないんですが、知り合いがこの近くにいるって言うんで。何でも奉公先に紹介しに来たと言っていました」

「奉公先……」

辰吉は呟いた。すると、与三郎という男は口入屋なのだろうか。この辺りの女中の奉公先を訪ねてきたのだろうか。

他には何もわからなかった。

辰吉は礼を言って、『花屋』を出た。

もう西の空に、夕陽《ゆうひ》が沈むころであった。屋根瓦《やねがわら》が夕陽を跳ね返して、辰吉の顔を照らした。

「今日はここまでにして、また明日探そう」

辰吉はおりさに告げ、通油町に向けて歩き出した。

通油町に着いたときには、もうすっかり空は暗くなっていた。汗ばむほどの夜でもなかった。

小鈴の家の玄関先におりさを送り届けると、小鈴が飛んできた。

「あっ、どうも、師匠」

辰吉は軽く頭を下げた。

「どうもじゃないよ。突然いなくなっちゃうんだから、心配したじゃないか」

「相済みません。お稽古中だったもんで」

「具合が良くないのに連れまわして、熱がぶり返したらどうするんだい」

小鈴は少し強い口調で注意した。

「お師匠さん、私が無理に付いて行ったんです」

おりさが口を添えた。

「無理しちゃだめよ」

小鈴は釘《くぎ》を差した。

「でも、元気そうですよ」

辰吉がそう言うと、

「はい、師匠のおかげですっかりよくなりました」

おりさが答えた。

それから、辰吉は女がおりさという名前だということ、額に傷があり、色の浅黒い三十代半ばの男と一緒に行動していたこと、ふたりはあまり口を利かなかったこと、宿帳には小金井の住所が書かれていたこと、男は口入屋か何かでおりさを黒江町の辺りの店に紹介するつもりであったことを話した。

辰吉はおりさのことを頼むと小鈴に伝えると、家を出て自分の住む裏長屋に戻った。


翌朝、辰吉は『一柳』の裏口から中に入り、忠次の部屋に行くと、兄貴分たちはおらず、忠次がひとりで莨《たばこ》を吹かしていた。

「今日はあっしひとりですか」

「ああ、皆、家業の方が忙しいみたいだ」

他の兄貴分の手下たちは、辰吉と違って本腰を入れて捕り物をしているわけではない。忠次に対して憧《あこが》れがあったり、捕り物に携わりたいという純粋な気持ちから、手伝い程度に働いている。

忠次は立ち上がると、部屋を出た。廊下を伝い、帳場に行き、番頭に店のことを頼むと告げてから外出した。

辰吉は忠次の半歩後ろを歩き、八丁堀の赤塚新左衛門の屋敷に向かった。

「そういや、昨日言っていた何も覚えていない女のことで何かわかったか」

忠次が思い出したようにきいた。

「ええ、実はこういうことがわかりました」

と、小鈴に伝えたことと同じ内容を話した。忠次は話を聞きながら程よく相槌《あいづち》を打っていた。

全て話し終えると、

「よく調べたじゃねえか」

忠次が褒《ほ》めるように言った。

「ええ、まだ調べ足りないことがありますが」

「おりさがどこに奉公するつもりだったかっていうことか」

「ええ、それと一緒にいた男です」

「その男はおりさのことを捜しているかもしれねえな」

「そうですね。あっしの勘だと、その男とおりさの間に何か揉め事があったんじゃないかという気がしてならないんです」

「どうして、そう思うんだ」

「団子屋でも、腰掛茶屋でも、宿屋でもおりさと男は特に口を利いていないんです」

「おりさが緊張していたのかもしれないぞ」

「まあ、そうかもしれませんが、やはり何も覚えていないっていうのが不思議でたまらねえんです」

辰吉は首を傾げた。

ふたりは伊勢町濠《いせちょうぼり》を通って、江戸橋《えどばし》を渡った。

楓川から海賊橋《かいぞくばし》を渡って、道を右に曲がって進み、町奉行組屋敷の一角にある赤塚新左衛門の屋敷の木戸門をくぐった。木戸門といっても、木を立てて板を張り付けただけの簡易なもので、屋敷の造りも武家屋敷というよりも町家に近かった。

門から五、六個の飛び石の上を踏んで玄関に着いた。

「赤塚の旦那」

忠次は声をかけた。

玄関のすぐ先に襖があり、そこから黒の絽《ろ》の羽織で、大名縞《だいみょうじま》を着た赤塚新左衛門が現れた。赤塚は三十三歳で、顔は面長で柔らかな顔立ちだ。

「じゃあ、出かけるか」

赤塚は土間に下りてきた。

それから、中間《ちゅうげん》と小者《こもの》を連れて、八丁堀の組屋敷を出て、楓川を渡り、京橋の方に向かった。堀端に出て、数寄屋橋御門《すきやばしごもん》をくぐると、番所櫓《やぐら》のついた黒渋塗の白海鼠壁《しろなまこかべ》の長屋門が見えて来た。南町奉行所だ。今月は南町が月番なので門が八の字に開いていた。

赤塚新左衛門と中間、小者は右側の小門から奉行所に入った。忠次と辰吉は赤塚から私的に雇われており、中に入ることは出来ない。なので、南町奉行所の前で待っていた。

「そういえば、昨日、本所の知り合いの商家の旦那に、こっちの方も回ってくれと言われたんだ」

忠次が言った。

「え？　本所に？」

「ああ、本所一つ目の太之助《たのすけ》があの問題で岡っ引きを辞めてから、まだ代わりが見つからないらしい。それで、泥棒の被害が増えているっていうんで、たまには回って欲しいと頼まれたんだ」

「じゃあ、後で回ってみますか」

そういうことを言っているうちに、赤塚が門から出てきて、これから見廻りに行くことになった。

四

辰五郎は滝三郎と、大松こと料理茶屋『駒水』の主人の松蔵と駒形の舟宿で待ち合わせると、すぐに目の前にある屋形船に乗った。

膳《ぜん》が備えられており、三人がそれぞれ腰を下ろすと、

「お前らと呑むようになるなんて十七年前は考えられなかった」

辰五郎が笑いながら言った。

「本当ですね。この間、滝三郎から親分と呑んだって聞いて、羨《うらや》ましいなと思っていたところなんですよ」

松蔵が答える。昔の怒りっぽい面影はもはやなかった。

「前に俺と取っ組み合いになったことがあったな」

辰五郎は笑いながら言った。

「えっ、そうでしたか」

「お前がどこかで喧嘩して、店の物を壊したんだ。それで、俺が追いかけて、お前を

捕まえたと思ったら、やり返してきた」

「いやあ、覚えていないですが、面目ございません。若気の至りだと思って、許してください」

松蔵が頭を下げた。

「何も根に持っちゃいねえ。ただ、あの頃は俺も若かったから、今になってみればいい思い出だ」

辰五郎がふたりを見た。昔の自分たちを思い出しているのか、どことなく恥ずかしそうな顔をしていた。

「恐れ入ります。それより、親分のご子息が忠次親分の手下で活躍しているって滝三郎から聞きましたよ」

「ああ、そうなんだ」

「いやあ、羨ましい限りです。倅なんか、まだ十四なのに、私の言うことには耳を貸さないで、ほっつき歩いているんです。そのうち、変なことに巻き込まれなければいいなと思っているんですが……」

松蔵は急に父親の顔になり、心配そうに話した。

「お前さんだって、立派になったんだ。そのうち、わかってくれるだろう」

「そうだといいんですが……」

そんな話をしていると、太鼓持ちと芸者がやって来た。

太鼓持ちは圓馬の弟子をひとり、芸者は三人だった。全て滝三郎が手配してくれた。

それからすぐに船頭もやって来て、屋形船が岸から離れた。

三人は酒と料理を楽しみながら、昔話に花を咲かせた。猪口に酒がなくなるとすぐに隣についている芸者が酌をした。圓馬の弟子は馬鹿なことを言って場を和ませていた。

「ところで、おふたりは辰五郎親分のことをどう思っていたんですか」

圓馬の弟子が軽い調子できいた。

「辰五郎親分が一番疎《うと》ましかったですよ」

滝三郎がそう言うと、

「私もそう思っていました」

松蔵も笑いながら頷いた。

「繁蔵の方が大変だっただろう？」

辰五郎はふたりにきいた。

「繁蔵親分は恐ろしかったですけど、金で何とか出来ましたから」

滝三郎が苦笑いで答えた。

「そうか。昔から変わっていねえんだな」

「でも、辰五郎親分は昔から筋が通っていて好きでしたよ」

松蔵が取り繕うように言った。

「いま俺が一番疎ましかったって言ったばかりじゃねえか」

辰五郎が冗談っぽく指摘した。

「いえ、そうなんですけど、私たちはあんな派手なことをしていましたが、筋が通っていないのが嫌いだったんです。私らの親たちは金に物を言わせたり、嫌なことでも金のためには頭を下げたり。そういうのに反発していたわけですよ」

滝三郎が真面目な顔をして言った。

「確かに、お前らの喧嘩を見ても、一応筋は通っていたな。で、お前らは決して人から金銭を巻き上げたり、弱い者いじめをするようなことはなかったもんな」

「ええ、そうなんですよ」

滝三郎が大きく頷いた。

外を見てみると、屋形船からは左手に山谷堀《さんやぼり》に架かる今戸橋《いまどばし》、右手には三囲神社《みめぐりじんじゃ》が見えた。屋形船はそこで停《と》まった。

「そういや、お前さんは小松のことを何か知らないのか」

辰五郎が、ふと思い出して松蔵にきいた。

「ええ、小松のことはさっぱり」

松蔵は首を横に振った。

「大松、小松って仇名《あだな》されるくらいだから、ふたりはてっきり仲が良いもんだと思っていたんだが」

「それほどでもありませんでした。ただ、何度かふたりで遊んだことはありましたが」

松蔵が懐かしそうに言った。

「へえ、そうだったのか」

滝三郎が少し驚いたように言った。

「ふたりでどこに行ったんだ」

辰五郎がきいた。

「盛り場をほっつき歩いただけですよ。何を話したのかさえ、覚えていないくらいです。ただ、あいつは母親がいないとか、そんなことを言っていましたね」

「父親は？」

「さあ、聞いていません。でも、観音組にいたくらいですから、どこかの商家の倅なんでしょうけどね」

松蔵も松之助の親の家業のことまでは知らなかった。

辰五郎は話をしているうちに、松之助に会いたいと思うようになっていた。この間、滝三郎と呑んだ帰りに、思い出したことがあった。

確か、十七年程前の雨の日だった。松之助が突然、辰五郎が当時住んでいた長屋に現れた。辰五郎は珍しい客に驚きながらも家に上げた。

向き合って座ってから、「実は親分に言わなきゃならないことがあったんです」と、松之助が厳しい顔をしていた。しかし、松之助はそう言いながらもなかなか何があったのか言い出さなかった。辰五郎は松之助が言い出すまで待っていたが、やがて「また来ます」と松之助が家を飛び出していった。

あの時に、松之助は何を言おうとしていたのだろうか。当時も気になっていたことだったが、今になってまた気になり始めていた。

「そういや、聞いてくれ」

と、辰五郎はその時の出来事をふたりに話した。

「松之助はどうして、観音組に入るようになったんだ」

辰五郎がきいた。

「えーと」

滝三郎が思い出すのに困っていると、

「どこかの呑み屋にいて、私が絡んだんですよ」

松蔵が言った。

「松之助はひとりでいたのか」

「ええ、そうでした」

「何で絡んだんだ」

「多分、私がかなり酔っていたからだと思います。そしたら、無視をされたんで、私が怒って殴りかかったんです。松之助はそれをすっと避《よ》けて、私の腕を捻ったんです。それで私が感心してしまって、観音組に入れようと滝三郎とか、皆に言ったんだと思います」

松蔵が説明した。

「そうでした。思い出してきましたよ」

滝三郎がぽんと手を叩いて、

「松之助は家出をしていたんです」

と言った。

「それで、どこかの女に一時期養ってもらっていたんですよ」

松蔵が付け加えた。

「その女っていうのは？」

辰五郎はきいた。

「何をしている人だったか……。でも、あまり質《たち》のよくない女だったと思います。そんな女と別れろと私が叱った覚えがあります」

滝三郎が言う。

「ふたりで松之助を女と別れさせたんじゃなかったか？」

松蔵が滝三郎にきく。

「そうだった」

滝三郎が頷いた。

「その女はいくつくらいだった？」

「松之助より五つくらい年上だったと思うので、いまだったら四十くらいでしょうか」

「何をしていた奴なんだ」

「さあ、そこまでは」

滝三郎は松蔵と顔を見合わせて首を傾げた。

「どこに住んでいたか覚えているか？」

「たしか、霊巌島でしたよ」

「霊巌島のどこだ」

「いえ、わからないです」

滝三郎が首を横に振った。

「じゃあ、早い話が松之助は家出をしていて、霊巌島の女のひもになっていたってことか」

辰五郎がまとめた。

そのことと、辰五郎に何かを告げに来たことは関係があるのだろうか。しかし、あまり話をしたことのない辰五郎の元へわざわざ来るというのは、余程のことを告げようとしていたのではないか。実際に、それから松之助の行方は誰も知らない。

「松之助は江戸の生まれか」

辰五郎がきいた。

「いえ、甲州《こうしゅう》街道のどこでしたか。田舎《いなか》の生まれでしたよ。十歳くらいのときに江戸に出てきたということは聞きました」

松蔵が答えた。それからも色々と松之助に関することを聞いてみたが、特にわかることはなかった。

場が急に静まり返った。

「旦那方、せっかく屋形船にいて、綺麗な姐《ねえ》さん方が隣にいるんですよ。こんな陰気くさいのは止《よ》しましょうよ」

太鼓持ちがふざけた口調で言った。

「それもそうだな。すまなかった、俺がこんな話して」

「じゃあ、端唄《はうた》でも」

と、年長の芸者が端に置いてあった三味線を取りに行った。用意が整うと、その芸者は端唄を唄った。そのあと、ふたりも端唄を披露した。

それが終わると、滝三郎は戻ってきた芸者たちに懐紙に包んだものを差し出した。

それからしばらくして、下船すると、

「そういえば、この間の小火のことなのですが」

滝三郎が話しかけてきた。

「どうなったんだ」

辰五郎は繁蔵から聞いた話を思い出した。

「繁蔵親分は行商人が付け火をしたと疑っていたそうですが、下男によると行商人が火を消してくれたということでした」

「行商人が火を消したのか……」

「もし、そうなら何故《なぜ》そのことを言ってくれなかったのか気になります。しかし、理由はともかく、お礼をしなければならないと思っているんですが、あれ以来なかなか行商人が現れないのです」

滝三郎はそう言って、困ったような顔をした。

それから、辰五郎は滝三郎、松蔵と別れ、帰途についた。

雲間から月の光が僅《わず》かに差していた。

五

辰五郎はどこかの通りを歩いていた。ふと、現れた男と肩がぶつかった。顔を見ると、松之助だった。松之助の顔は若いままで、苦み走った好い男だった。そして、松之助が辰五郎に何かを伝えようと口を動かしていたが、辰五郎には聞き取れなかった。

そこで目が覚めた。

やはり、松之助が何を言おうとしていたのかが気になったので、こんな夢を見たのだろうか。

観音組のことを知っていそうな者といえば、忠次や小鈴、それに圓馬くらいだ。そういえば、滝三郎は圓馬の弟子を屋形船に呼んだことからすると、圓馬とも前々から親しかったのかもしれないと思った。それに、松之助がひもをしていた女というのは、霊巌島に住んでいたという。圓馬はその時から、霊巌島 銀町《しろがねちょう》に住んでいるので、もしかしたら女のことを知っているかもしれない。

辰五郎はそんなことを考えながら、凜と一緒に朝飯を食べて、それから商売の支度をした。

今日は雲一つない青空で、風も吹いておらず、朝から真夏のような暑さであった。こんな暑い日は涼しくならないと客も来ないだろうと思い、辰五郎は番頭に店を任せて、霊巌島の圓馬の家に向かった。

楓川と亀島川《かめじまがわ》を渡り、少し歩くと圓馬の家がある銀町だ。四半刻《しはんとき》(三十分)掛からないくらいであったが、汗で背中がびっしょりと濡《ぬ》れていた。

裏木戸から入ると、圓馬が庭でいつも以上に猫背になりながら、盆栽に鋏《はさみ》を入れているのが見えた。

「師匠」

辰五郎は声をかけた。

「ああ、親分」

圓馬は手を止めて振り向き、

「この間、辰吉が見えたよ」

と、言った。

「何か事件があったのか」

辰五郎がきいた。

「まあ、大したことじゃないと思うが。自分の名前も覚えていない女が、黒江町の『竹山亭』で私の名が書かれた幟を見たというのだけ覚えているっていうんで」

「ふうん、変わったこともあるもんだな」

辰五郎は適当に返事をしてから、

「実は俺もお前さんにききたいことがあるんだ」

と、切り出した。

「そうか。まあ、ここだと暑いから」

と、圓馬は縁台に向かった。

ふたりは縁台に腰を掛けると、圓馬は弟子を呼び、冷たい茶をふたつ持ってくるように言い付けた。

「この間は、お前さんのところの弟子が屋形船に来てくれたよ」

「あいつが親分に何か失礼をしたかい」

圓馬は少し心配そうにきいた。

「そうじゃない。並木町の『大川屋』の滝三郎が呼んだから、お前さんと親しいのかと思ってきいたんだ」

「なんだ、そうか。あいつの親父《おやじ》さんからの付き合いだ」

「じゃあ、観音組も知っているな」

「ああ」

圓馬は短く答えて、頷いた。その時、弟子が冷たい茶の入った湯呑をふたつ持って来た。辰五郎はそれに手を伸ばして飲むと、喉が潤って生き返るようだった。

「観音組だった奴らはよく知っているか」

「全員ではないが、何人かは」

「じゃあ、小松という奴は?」

辰五郎はきいた。

「小松？」

圓馬がきき返した。

「実の名は、松之助と言って、背は低いが、顔の整った男だ。生まれは甲州街道沿いのどこか田舎だそうだ。十歳の時に江戸にやって来たそうだが、観音組に入る頃には、霊巌島に住む質の悪い女のひもだったらしい」

辰五郎が説明すると、圓馬は口をすぼめながら頭を掻いた。

「すまねえが、小松っていう奴は思い出せない。だが、女の方はもしかしたら……」

と、顎に手を当てた。

「覚えがあるのか」

「ああ。十七年くらい前の話だろう？」

「そうだ」

「それくらい前で質の悪かった女っていうと、小千代《こちよ》だと思うんだ」

圓馬はどこか一点を見つめるように言ってから顔を上げ、辰五郎と目を合わせた。

そして、続けた。

「小千代は二の橋を渡ったすぐの四日市町に住んでいたなかなか綺麗だった女だ。美《つっ》人局《もたせ》をしていたんだ」

「美人局をしていたのか。待てよ」

辰五郎は思い出そうとしていた。

しかし、四日市町の小千代という名前に覚えがない。

「一度も捕まったことはないのかな」

辰五郎が呟いた。

「あいつは親分の世話になるようなヘマはしないよ。美人局をするって言ったって、男を黙らせるんだから」

「黙らせるって、脅したりするのか」

「いや、そうじゃねえ。なぜかわからないが、あの女には不思議な色気があるんだ。男たちは騙されたと思いつつも、この女にならなら金を払ってもいいかと思うんだ。それに金を沢山せびるわけではないんだ。その日、暮らせるくらい取るだけだ」

圓馬が小さな口で答えた。

「さては、お前さんもやられたか」

辰五郎は思わず鼻で笑うと、

「馬鹿言いなさんな」

圓馬は吐き捨てるように言って、目を背けた。

「美人局をするなら、脅し役の男がいるな。それが松之助だったのか」

辰五郎がそう言うと、

「いや、小千代は男なんか使わない」

圓馬が言った。

「じゃあ、ひとりで？」

「そうだ」

「ひとりでよくやっていけたな」

「さっきも言ったように、そんな大金を出させるわけじゃないし、男がいると思わせるだけでいいんだろう」

圓馬が説明した。辰五郎は妙に納得した。

「小千代はいまも四日市町にいるのか」

辰五郎がきいた。

「さあ、そこまではわからねえ」

圓馬は首を傾げた。

辰五郎はとりあえず、四日市町に行ってみようと思い、圓馬に礼を言って家を後にした。それから、二の橋を渡り、四日市町の自身番に行った。

屋根の上に火の見梯子《ばしご》が組まれていて、梯子の上の方に半鐘がある。番屋の前には三つ道具が綺麗に立てられていて、さらに水がなみなみ入っている大きな桶《おけ》が置いてあった。

辰五郎が中を覗くと、三人の男が団扇《うちわ》で扇《あお》いで話をしていた。

そのうちのひとり、四十代前半の田舎臭い顔の男は、「これは親分じゃございませんか」と辰五郎の顔を見るなり声を掛けた。

「ちょっと、ききたいことがあるんだが」

「ええ、何でも」

「もう十七年くらい前の話になるが、この辺りに小千代っていう女が住んでいなかったか。今だと四十くらいだ」

「あっ、あっしと同じ長屋に住んでいたのが、小千代さんって言いました。色が白くて、鼻筋が通ったなかなかいい女でしたよ。美人なんで、町内でも有名でした」

男が懐かしそうに言った。

「悪い噂があった女じゃなかったか?」

辰五郎はきいた。

「そうですね……」

少し考える間があってから、

「あっしはそうは思わなかったんですが、知っている奴があの女から金をむしり取られたって悔しがっていました。まあ、振られた男が負け惜しみを言っているくらいにしか思わなかったですがね」

と、男が答えた。

多分、その女に間違いない。

「小千代に男がいたはずなんだが」

「ええ、若い男がよく小千代さんのところに来ていましたね」

「その男とは喋《しゃべ》っていないか」

「ええ、まったく。小千代さんにきいても、知らんふりをされるだけです」

「そうか。小千代はもう町内にはいないのか」

「ええ、とっくに病で亡くなりました」

眉の濃い男はしんみりと言った。

「いつ亡くなったんだ」

「そうですね、もう十五年ほど前ですかね。娘がいたんですけど、まだ二歳くらいだったのを覚えています」

「娘がいただと？」

「ええ」

「父親は誰なんだ」

「そこまではわかりません。ただ、小千代さんのお腹《なか》が大きくなり始めたくらいまで、しょっちゅう小千代さんの家に遊びに来ていた若い奴がいました。そいつじゃないかと思うんですが……」

男は思い出すように言った。

「どんな容姿だったか覚えているか」

「そうですね。曖昧《あいまい》ですが、なかなか整った顔立ちでしたが、少し背が低いような奴だった気がしますね」

男は曖昧な表情で答えた。しかし、その特徴は松之助と重なる。まだ、小千代の娘の父親が松之助とは限らないが、そういうことも十分に考えられそうだ。

「小千代が亡くなったあと、娘はどうしたんだ？」

「親戚《しんせき》が娘を引き取って行きましたよ。えーと、たしか下総《しもうさ》の染井村《そめいむら》とかに住んでいたひとだったと思いますが」

「そうか。他に小千代のことで知っていることはないか」

辰五郎がきくと、男は首を横に振った。それから、残りのふたりにも話をきいてみたが、それ以上のことはきけなかった。

もしも、小千代の娘の父親が松之助だとしたら、どうして松之助は急に姿をくらましたのだろうか。

辰五郎はそのことを考えながら、帰路についた。

第二章　恋心

一

遠くから鳥のさえずりが聞こえて来る。そこに混じって、誰《だれ》かを呼んでいる声がする。その声が段々近づいてきた。

「辰吉さん」

と、呼んでいる。

(誰だ、俺《おれ》を呼ぶのは)

辰吉は目を凝らすが、体が自由に動かせない。

その声が間近に聞こえて、はっと目を開けた。天窓からの朝陽《あさひ》を浴びて、誰かが立っている。

「辰吉さん」

と、また声が聞こえてきた。

辰吉は慌てて上体を起こした。土間におりさが立っていた。

「こんな早くからどうしたんだ」

辰吉は目を擦《こす》りながら言った。

「もう五つ半（午前九時）をとっくに過ぎていますよ」

「なに、もう？」

辰吉は急いで立ち上がり、常着を手に取った。褌《ふんどし》一丁の辰吉に、おりさが見てはいけないものを見たかのように目を背けた。

「お前さん、起こしに来てくれたのか」

「違うんです。辰吉さんが来ないから」

おりさが背中を向けながら答えた。

「すまねえが、親分のところに行ってくる」

辰吉はそう言って、帯を締めると、急いで下駄をつっかけて長屋を出た。

『一柳』の裏口から入り、廊下を伝って忠次の部屋に行く。

だが、もう忠次はいなかった。莨《たばこ》の煙の臭《にお》いさえも漂っていない。出掛けてからだいぶ経《た》っているようだ。

「もう親分は出かけましたよ」

女中が後ろから話しかけてきた。

「なにか言っていたか」

辰吉は振り返ってきいた。

「いえ、特に」

「そうか。あとで叱《しか》られるな」

辰吉はばつの悪そうな顔をして『一柳』を出た。おりさが訪ねてきたことを思い出し、小鈴の家に寄った。

「おりさちゃんはお前さんのところに行ったはずだけど」

小鈴が不思議そうな顔をして言ったので、辰吉はおりさが待っているのではないかと思って長屋に急いだ。

すると、おりさが上がり框《がまち》に座っていて、辰吉を見て立ち上がった。

「すまねえ、勝手に飛び出して。毎朝、親分のところに顔を出して、前日のことを報《しら》せることになっているんだ」

辰吉は事情を説明して、詫《わ》びを入れた。

おりさは首を横に振り、

「気にしないでください。それより、親分の方は大丈夫なんですか」

と、むしろ心配そうにきいた。

「構わねえ。今日は俺が親分のお供をする番じゃないから起こしにこなかったんだろう」

辰吉はため息混じりに言い、ふと部屋を見ると布団が片付けてあった。

「勝手に畳んでしまいましたけど、ご迷惑でしたか」

おりさが気まずそうに言う。

「いや、ありがとよ」

辰吉はおりさの顔をまじまじと見ながら礼を言った。

「何か付いています？」

おりさが小首を傾《かし》げた。

「いや、なんでもねえ。実は昨夜は与三郎のことをあれこれ考えて眠れなかったんだ」

「何か思いつきましたか」

「ひょっとして、お前さんを岡場所《おかばしょ》にでも売ろうとしたんじゃないかと思ったんだ」

「岡場所に？」

おりさは苦い顔をしてきき返した。

「深川仲町《なかちょう》には岡場所がある。『花屋』の主人には、与三郎が奉公先に紹介すると嘘《うそ》を伝えたが、実際は売り飛ばそうとしたんじゃないだろうか」

辰吉は真顔で答えた。おりさの親に借金などがあり、仕方なく与三郎に付いて来たのだろうかと考えたが、そこまでは確信が持てないので黙っていた。

「とりあえず、これから深川に行ってくる」

「私も行きます」

おりさが張り切るように言った。

「いや、岡場所にききに行くんだ。お前さんを連れていくわけには」

「小鈴師匠《ししょう》の家にいてもすることはないですし、むしろ師匠に気を遣わせてしまわないかと心配で」

「じゃあ、一応、師匠の許しを得てから行こう」

と、辰吉は長屋を出て、小鈴の家に行った。

まだ弟子が来ていないようで、小鈴は居間で茶を飲んでいた。

「師匠」

辰吉は声をかけた。

「なんだい？」

「またおりささんと調べに行きたいんですが」

「また連れまわすのかい？」

「連れまわすなんて……」

「冗談だよ。おりさちゃんを頼んだよ」

「へい」

辰吉は小鈴の家を出て、深川に向かった。数日前まではまだ足を引きずっていたおりさだったが、今日は普通に歩けるようなので安心した。

ふたりはこの間と同じように、小網町《こあみちよう》を抜け、永代橋を渡り、大川を越えた。その途端、急に雲が空を覆い、風が強くなった。

「嫌な空模様だな」

辰吉は空を見上げて言った。

「ええ、雨にならないといいですが」

「やっぱり、お前さん引き返した方がいいんじゃねえか」

「いや、大丈夫です」

おりさは力強く言った。それから、ふたりは黒江町に入った。岡場所は近い。

「お前さんを女郎屋に行かせるのもなんだから、どこかで待っていてくれねえか」

「どこで待っていれば……」

「そうだな。富岡八幡宮がいい。色々見ると面白いだろうし、疲れたら近くの腰掛茶屋にでも入って休んでいたらいいから」

仲町、永代寺の門前を通り越すと、

「それにしても、仲町というところの女郎屋さんは昼間から大そう流行《はや》っているんですね」

おりさは往来を見ながら驚いたように言った。

「まあ、吉原《よしわら》よりも大分安く遊べるし、切り遊びだから仕事の間などに来られるっていうんで繁盛しているんだ」

「へえ、辰吉さんもやっぱり、こういう所にはよく来るんですか」

「俺はそんなんじゃねえよ」

辰吉はおりさから少し顔を背けて言った。

さすがに、富岡八幡宮だけあって参拝客で賑《にぎ》わっていた。八幡宮と仲町を仕切るように流れている八幡堀《はちまんぼり》には太鼓橋が掛かっている。そこを渡ると、それほどの道幅ではないが露店がずらっと並んでいて、威勢の良い掛け声が飛び交っていた。

「じゃあ、またあとでな」

辰吉は手を振りかざし、一旦《いったん》おりさと別れて、仲町にある『相模屋《さがみや》』という小さな女郎屋に入った。

番頭らしい男が正面にいて、

「まだなんですけど」

と、迷惑そうに言った。

「いや、そうじゃないんで。あっしは通油町の岡《おか》っ引《ぴ》き、忠次親分の手下で辰吉ってもんです。ちょっと、調べていることがあって」

辰吉は説明した。

番頭は急に真面目《まじめ》な顔付きになり、

「忠次親分ですか。それなら、上がってください」

と、店の間のすぐ近くにある部屋に辰吉を通した。忠次の名前を出したら急に態度が変わった。

部屋は六畳ほどで質素であったが、床の間には雪舟《せっしゅう》の墨絵の掛け軸がかかっており、吾亦紅《われもこう》の一輪挿しもあった。

「少々お待ちを」

番頭は一度出て行ったが、すぐに物腰が柔らかく、穏やかそうな六十年輩の男を連れて戻ってきた。

「どうも。私がこの店の主《あるじ》です」

主人は軽く頭を下げて笑顔で入って来た。だが、その表情の陰に、どこか警戒した顔が垣間見《かいまみ》えた。

「恐れ入ります。辰吉といいます。つかぬ事をお伺いしますが、額に傷があって、色の浅黒い三十代半ばくらいの女衒《ぜげん》に心当たりありませんか」

辰吉は単刀直入にきいた。

「額に傷があって、色の浅黒い女衒……」

主人は腕を組んで考えながら、

「さあ、そんなひとは知りませんけど」

と、首を捻《ひね》った。

「そうですか。では、五日ばかり前にここに十七、八の娘を世話しようとした男はいませんでしたか」

「いいえ、うちはここ二月くらい新しい娘は入っておりませんし、誰も訪ねて来ていませんよ」

主人は丁寧な口調で言った。

「そうですか。わかりました」

辰吉が他の女郎屋でも話をきこうと思い、畳に手を付いて立ち上がろうとしたとき、

「ちょっと、待ってください。五日ほど前って仰《おっしゃ》っていましたね」

と、主人は急に何か思い出したように言った。

「ええ、そうです。何か心当たりでも？」

辰吉は姿勢を戻して、主人の顔を覗《のぞ》き込むようにきいた。

「あなたが探している方かどうかはわかりませんよ。店が開く前に、見慣れない男がこの辺りをうろちょろしていました。客とは思えませんでした。額に傷があったかどうかまではわかりませんが、たしかに色が浅黒くて、三十代半ばくらいの男でしたね」

主人は頷《うなず》きながら答えた。

「男はこの近辺をうろちょろしていたんですか」

もしかしたら、はぐれたおりさを探していたのだろうかと思った。

「そうです。それで、うちの若い衆が話していたようですけど」

「その方は、いまいらっしゃいますか？」

「多分、二階で掃除をしていると思いますよ。呼んできましょうか」

「ええ、お願いします」

辰吉が頼んだ。

「ちょっと、待っていてください」

主人は部屋を出て行った。それから、少しして、辰吉と同じ年くらいの彫りの深い顔の男がやってきた。

「いま旦那《だんな》さまから伺いましたが、五日くらい前にこの辺りをうろちょろしていた男のことですって？」

若い衆がきいた。

「実は店の前に打ち水を撒《ま》いているときに、その男から話しかけられたんです。何でも人を探しているようでして、白地に観世水《かんぜみず》の浴衣《ゆかた》を着た若い娘だって言っていました」

おりさのことだと思った。

「何て答えたんですか」

「素直に知りませんって答えましたよ。そしたら、何も言わずに立ち去っていって、不気味なひとだなと思ったんです。その男が何か起こしたんですか」

若い衆は興味深そうにきいてきた。

「いえ、大したことじゃないんです。男はあなたの元を立ち去ってから、どっちの方向に行ったんですか」

「蛤町堀《はまぐりちょうぼり》の方です」

「そうですか。ありがとうございます」

辰吉は礼を言って、部屋を出た。

ちょうど、泊まりの客が帰るところだったようで、勝気そうな遊女が客を店先まで送りに来ていた。変に客に媚《こび》を売ることもせず、「じゃあね」と言って、ふいと背を向けたところに、江戸っ子らしい清々《すがすが》しさを感じた。客の方も「おう」と手をかざして遊女を振り返らずにさっと店を出て行った。

辰吉が店を出ると、外で掃除をしていたさっきとは違う若い衆に、「お気をつけて」と声を掛けられた。

与三郎が女衒ではないことがわかった。しかし、ただおりさを何かしらの事情で売りに行こうとしていたのかもしれないという考えはまだ否定できなかった。

辰吉はそれから、近くの女郎屋を何軒か回った。しかし、誰も見たという者はいなかった。もう諦《あきら》めようと思って、富岡八幡宮に向かいかけたときに、

「もし」

と、髪結いに声をかけられた。

「いまの店で耳にしたんですが、額に傷があって、色の浅黒い男を探しているそうですね」

「ご存知ですか？」

辰吉はきいた。

「ええ、道端で声を掛けられたんです」

「その男は何と？」

「白地の浴衣を着た十七、八の娘を探しているとのことでしたよ」

髪結いはさっきの女郎屋の若い衆と同じことを答え、

「それで、あっしが見なかったというと、男は一本向こうにある『相模屋』という女郎屋の店先に立っていた若い衆に話しかけていましたよ」

と、続けた。

『相模屋』は一番最初に入ったところだ。この髪結いに話しかけたあとに、『相模屋』の若い衆にきいたのだ。また振り出しに戻った気がした。

辰吉はひとまず仲町で与三郎の消息を探すのを諦め、富岡八幡宮へ向かった。

道の左右を見ながら歩いていると、水茶屋の床几《しょうぎ》におりさが腰を掛けていた。傍《そば》に飲みかけの茶が置いてあった。

「おりささん。すまねえ、だいぶ待たせたな」

辰吉は軽く頭を下げた。

「いえ、ずっと散策していたら、あっという間に時が過ぎてしまったんです」

おりさは笑顔で答えた。

「与三郎は蛤町に行ったそうだ」

「蛤町ですか」

「覚えはないか」

「いえ、全く……」

おりさは首を横に振った。

その時、辰吉の腹が鳴った。その音を聞いて、いままで与三郎を探すことに精を出していたのに、急に腹が減ったと感じた。そういえば、朝飯もまだだった。

「辰吉さん、何か食べますか」

おりさが気を遣うように言った。

「お前さんはどうだ」

「私も、ぺこぺこです」

「そうか。じゃあ、近くで食べよう」

辰吉はそう言って、おりさの勘定をして水茶屋を出た。おりさは申し訳なさそうな顔をしていた。

それから、近くの蕎麦屋《そばや》に入った。昼過ぎなのに客がかなり多かったが、ふたりは小上がりにやっと空いている席を見つけて座った。

ふたりとも、かけ蕎麦を頼んだ。

「お前さん、銭はどうしているんだ」

辰吉は不思議に思ってきいた。

「小鈴師匠から何かあっても困らないようにと二分ほど頂きました」

「そうか。さすが、小鈴師匠だ。気が利いているな」

辰吉は感心するように言った。

「でも、いつまでもお師匠さんにお世話になっているわけにもいきません」

「まだ四日じゃねえか。そんな無理して働くことないじゃねえか」

「この調子だと、思い出すのはだいぶ先になる気がしますんで」

「小鈴師匠だって、そんなことは気にしていないから。あの師匠は本当に優しいんだから、甘えたっていいんだぜ」

「辰吉さんって、お師匠さんのことが好きなんですか」

おりさが微笑《ほほえ》んできいてきた。

「えっ？　なに言ってんだ」

「だって、お師匠さんの話をすると嬉《うれ》しそうだから」

「そんなことねえよ」

「そうなんですか。てっきり……」

と、おりさはいたずらな目を向けた。

「まさか。第一、年が離れていらあ」

辰吉はうろたえるように答えた。その様子を見て、おりさは微笑んだ。

「お師匠さんっておいくつなんです？」

「さあな。三十くらいじゃねえのか」

「えっ、もっと若く見えますね」

「そうかな？」

辰吉は素直に言った。

「年上の女の方は好きじゃないんですか」

「まあ、同い年くらいがいいな」

「へえ、そうなんですね」

おりさが興味深そうな目をして答えたときに、蕎麦が運ばれて来た。辰吉は腹が減っていたので、かぶりつくように口の中に入れ、冷たい茶で流し込んでからおりさを見た。

「お前さんはどうなんだい」

「えっ？」

「誰かいい奴《やつ》がいねえのか」

そうきいたが、すぐに何も覚えていないことに気が付いた。

「多分、いなかったと思います」

おりさは自信なげに言った。

「本当か？」

辰吉は、なぜかほっとした。

「何だかわからないですけど、そんな気がして」

「ふうん。気持ちの部分は覚えているもんだな」

辰吉は意外そうに言った。

おりさはしっかりと嚙《か》んで味わっていたので、少し時間がかかったが、食べ終えると勘定を済ませて外に出た。

空に掛かっていた雲は一段と重たくなっていった。どこからともなく吹き付ける風が少し涼しいような気がした。

八幡宮から七つ（午後四時）の鐘の音が聞こえてきた。

「とりあえず、蛤町に行ってみるとするか」

辰吉は蛤町堀に向かって歩き出した。堀まで行くと、外記殿橋《げきどのばし》が掛かっており、辰吉はそこを渡って蛤町に入った。

蛤町といっても、仲町南裏通り、大島町北続《おおしまちょう》、北川町続《きたがわちょう》、寺町《てらまち》裏続の四カ所ある。

辰吉がいま居るのは大島町北続で、古くは内藤《ないとう》外記の所有地であったが、宝暦《ほうれき》十二年に町人の持ち地となったところである。町名の通り、蛤や小魚等の魚介類を獲《と》って商売をする者が多く住んでいるので、通りがかる人たちもどこか威勢がよく、荒っぽい者たちが目立った。

辰吉はこの一帯で、額に傷があって、色の浅黒い三十代半ばの男を五日ほど前に見かけなかったかきいてまわった。

すると、干物屋の店の前で話しかけた内儀が、その男を見たと言った。

「男に何か話しかけられましたか」

辰吉が訊《たず》ねると、

「ああ、娘を探しているって言っていたよ」

内儀は答えた。

「それで、なんて答えたんです？」

「私は見ていなかったから、正直に答えたよ。娘さんとはぐれたのかいときいたら、徳善寺《とくぜんじ》で急にいなくなったと言っていたけど」

「徳善寺？」

「すぐここを曲がったところにある寺だよ」

内儀は指で示して教えてくれた。

「有名なお寺なんですか」

辰吉はきいた。

「一時期、ここのお寺の子育て地蔵にはご利益があるっていうんで、流行《はや》ったこともあった。でも、それがもう十年以上前のことだよ。今はそんなに来る人もいないよ」

内儀は答えた。

辰吉はとりあえず、徳善寺に行ってみようと、内儀に礼を言って、その場を去った。

徳善寺の山門をくぐった。境内を見渡しても誰も見当たらない。おりさはここからいなくなり、その後怪我《けが》している。与三郎にここで襲われて、傷つけられたのか。それとも、逃げる途中に傷を負ったのだろうか。

頬《ほお》に冷たいものが掛かった。雨がぱらついてきた。

辰吉は空を見上げて、

「これは降りだすな。今日は帰ろう」

二人は諦めて帰ることにして、通油町に向かって急ぎ足になった。

二

深川から帰って来て、おりさを小鈴の家に送ったあと、雨は本降りになった。梅雨《つゆ》のようにじめじめとして蒸し暑かった。

辰吉は『一柳』の忠次の部屋に顔を出した。

忠次は煙管《きせる》を手に、帳面に目を通していた。忠次は料理茶屋『一柳』の先代から見込まれて婿《むこ》に入った。今はお内儀さんが店に出て切り盛りしているが、忠次も帳面を付けたりと裏方の仕事をしているようだ。

「親分、すみません」

辰吉はばつの悪い顔をして、頭を下げた。

「今朝はどうしたんだ」

忠次の低い声が辰吉の耳に響いた。

「寝坊しまして」

辰吉は小さくなって答えた。

「珍しいな。昨夜、何かあったのか」

「いえ、特に何があったっていうわけじゃありませんが、ずっとあの娘は何者なのだろうとか、与三郎は何をしようとしていたのだろうということを考えていたら、なかなか寝付けません」

「そうか。俺もそういう時はあった」

忠次は思いのほか優しい口調で言った。

「すみません」

それでも、辰吉はもう一度深々と頭を下げた。

「まあ、次から気をつけるんだな」

忠次が言って、顔を上げさせてから、

「それより、何かわかったか」

と、きいた。

「与三郎という男は女衒だったのではないかと思い、深川仲町にある女郎屋を当たってみたんです。女衒にそういう男がいないことがわかりました」

「うむ、それで？」

忠次が興味深そうに頷いてから促した。

「ただ、その男が女郎屋の若い衆や通りがかりの者に白地で観世水の柄の浴衣を着た娘のことをきいてまわっていたんです。おりさがまさにそういう浴衣を着ていまして」

「じゃあ、その男で間違いないな」

「ええ」

辰吉は強く頷いてから、

「それと、男は蛤町の徳善寺というところに行ったみたいです」

「徳善寺っていうと、あの子育て地蔵のところだな」

「親分、知っているんですか」

「ああ、一時期流行ったんだ。ある母が勘当になったやくざ者の子どもがちゃんとした道を歩めるように毎日手を合わせに行ったところ、子どもは改心して、家業を継いだという話が広まってな」

「へえ、そんなことがあったんですね」

「まあ、流行ったといっても、ほんの一時期だけだったがな。でも、その男はどうして徳善寺なんかに行ったんだろうな」

「もしかしたら、おりさと何か関係があるのかもしれませんね」

「とすると……」

忠次が腕を組んで考え出した。

「どうしたんです？」

辰吉は忠次の顔を覗き込むようにしてきいた。

「ひょっとして、その男っていうのはおりさの父親なんじゃないか」

「父親？」

「いや、子育て地蔵というところから、そう思っただけだ。何の確信もないがな」

「まあ、年からいっても親子くらい離れていますものね。でも、ふたりは始終無言だったと言っていましたよ。親子っていうのは……」

辰吉はそう言ったあと、

「あっ、例えばおりさが父親の言うことを聞かないとか、何か揉《も》め事《ごと》があって、父親はおりさと一緒に徳善寺に行くことにしたんですかね」

「考えられなくはないな。まあ、そこら辺のことも頭に入れて調べておけ」

忠次が命じた。

「へい」

辰吉は威勢よく返事をした。

「そういや、おりさはずっと小鈴師匠のところにいるんだろう」

「そうです」

「師匠は大変じゃないのか」

「ええ、放《ほう》っておけないって言っていますし、別に嫌な顔を見せないですよ」

「そうか。この間、師匠がおりさに何か仕事があれば紹介してやってくれと言っていたんだ。まあ、おりさだって、いつまでも師匠のところで世話してもらうってい うわけにもいかねえだろう。このままずっと、思い出せないかもしれない」

「まあ、そうですね」

「それで、ちょうど田所町《たどころちょう》の『川萬《かわまん》』という鰻屋《うなぎや》が住み込みの女中を探しているそうなんだ。おりさをそこにどうかと思ったんだが」

「『川萬』ならいいですね。いつも前を通る度に、タレの好《い》い香りがして、店の中に吸い込まれるようですよ」

「あそこの鰻は旨《うま》いからな」

「一度でいいから喰《く》ってみたいと思っているんですよ」

「なに、『川萬』に行ったことねえのか」

「ええ、あんな高いところ、あっしの銭じゃ行けませんよ」

「前に一度一緒に行かなかったか」

「いいえ、あっしじゃないですよ。多分、安太郎兄いとかと行ったんじゃないですか」

「そうか。なら、今度行ってみるか」

「えっ、親分喰わせてくれるんですか」

「お前もよくやってくれているからな」

「ありがとうございます。約束でございますよ」

「ああ」

「本当ですよ」

辰吉は念を押した。

「わかってる」

忠次が軽く笑いながら答えた。

「じゃあ、明日の朝におりさに話を伝えておきます」

辰吉は意気込んで言って、忠次の部屋を出て、『一柳』を後にした。

翌朝、辰吉は忠次の家に顔を出し、安太郎ら兄貴分たちの報せを聞いてから、小鈴の家に向かった。

居間に顔を出すと、小鈴とおりさが顔を向かい合わせていた。

辰吉に気が付いたふたりは話を止《や》めた。

「すみません、お話し中のところ」

「ちょうど、お前さんのことを話していたんだ」

小鈴が振り向いて言った。

「え？　どんなことですか？」

辰吉は身を乗り出してきいた。

「まあ、いいじゃないか」

「何を話したか、教えてくださいよ」

「あとでね。何か用があって来たんだろう」

小鈴がきいた。

「おりささんに話があるんです」

辰吉は言った。

「なんでしょうか」

おりさが辰吉に顔を向けた。

「忠次親分からなんだが、『川萬』という鰻屋が住み込みの女中を探しているらしいんだ。忠次親分がお前さんにどうかって」

と、訊ねてみた。

「鰻屋さんですか」

「そうだ。だけど、無理して働くことはないんじゃねえか」

辰吉がそう言うと、

「私はいつまでも、ここにいて良いって言っているんだけど、おりさちゃんがどうしてもって言うんで親分にきいたんだ。でも、別に住み込みじゃなくて、ここから通えばいいと思っていたんだ。自分のことを思い出せないのに、住み込みなんていうのは可哀想《かわいそう》じゃないか」

小鈴はなじるように言った。

「いいえ、いいんです」

おりさが取り繕うように言った。

「でも、もし何か思い出したら、辞めるようになるかもしれねえだろう」

辰吉が口を挟んだ。

「そうですが、何だか思い出すのも長くなりそうな気がして。働きながらゆっくり思い出して行けばいいかなと思うんです。それに、私もここにお世話になっているのも心苦しいですし、遊んでいるわけにもいきませんから」

おりさは真剣な表情で小鈴に伝えた。

「そう言うなら仕方ないわね」

小鈴が渋々認め、

「おりさちゃんの気の済むようにしてやりましょう。きっと、おりさちゃんは働き者だから、遊んでいられないんでしょう」

と、辰吉に顔を向けた。

「わかりました。そうと決まれば、これから忠次親分を探して、お前さんが『川萬』で働く気があることを伝えてくる。そしたら、親分と一緒に『川萬』に行ってみよう」

辰吉は張り切ったような声を出した。

「あの、どのくらいで戻ってこられますか」

おりさがきいた。

「そうだな。多分、まだそう遠くに行っていないだろうから、四半刻《しはんとき》（三十分）もあれば戻って来られるだろう」

「そうですか」

おりさが困ったような表情で小鈴を見た。

「どうしたんだ」

辰吉はおりさを覗き込むようにしてきいた。

「実は私がおりさちゃんにちょっとお遣いを頼んでいたんだよ。でも、婆《ばあ》やに頼むからいいよ」

小鈴が立ち上がって、部屋を出て婆やを探しに行った。

「じゃあ、とりあえず、親分を探してくる」

辰吉は小鈴の家を飛び出した。いつも忠次が歩く道順から考えて、いまは大伝馬町一丁目から本町《ほんちょう》四丁目あたりだろうと目星を付けた。

辰吉は『一柳』の前の本町筋を真っすぐに走った。ここは江戸の目抜き通りで、老舗《しにせ》の大店《おおだな》が集まる地域でもあり、立派な土蔵造りの店が軒を連ねていた。

辰吉は本町四丁目の辺りで忠次に追いついた。

「忠次親分！」

辰吉は汗を垂らし、息を切らしながら呼びかけた。

振り向いた忠次は少し顔をしかめた。

「何かあったのか」

「いえ、おりさが『川萬』で働く気があるそうです」

「なんだ、その為《ため》だけにそんなに走ってきたのか」

「ええ」

辰吉が答えると、忠次の口元が綻《ほころ》んだ。

忠次の隣にいる安太郎は「大袈裟《おおげさ》なんだから」と笑い飛ばした。

「『川萬』の主人には、俺からだと言えばわかるから、お前が代わりに行ってこい」

忠次が命じた。

「へい」

辰吉はそれから早歩きで小鈴のところに戻り、

「おりささん、行こう」

と、田所町に向かって歩き出した。『川萬』は神田《かんだ》方面に向かう東側の大門《おおもん》通りに面していた。

この一帯は銅物屋や馬具師が多く住んでいる。仕事をしている人たちの姿は多く見受けられたが、まだ昼より大分前だからか、『川萬』は静かであった。

辰吉はまだ暖簾《のれん》が掛けられていない店の入り口から中に入った。

店の間は二十畳ほどの広さがあった。奥からは男の声が聞こえてきた。

「すみません、通油町の忠次親分の手下で辰吉と申します」

と、奥に向かって声を張り上げた。

「へい、ちょいとお待ちを」

すぐに、四十代で威勢の良さそうな番頭風の男がやって来た。

「どうも、辰吉と言います。忠次親分から聞いて、この娘を連れてやってきました」

「あっ、親分がもう手配してくれたんですか。恐れ入ります」

番頭は頭を下げ、おりさを奥の間に連れて行った。

辰吉はしばらく店の外で待っていることにした。さすがに店の前は陽《ひ》が直《じか》に当たって暑いので、日陰の脇道《わきみち》に入った。

すると、向こうでは笹竹《ささたけ》売りが掛け声をかけて商いをしていた。さらに、少し先にある手習い所では手習い子たちがきちんと正座して、真剣な顔で短冊に清書していた。

　そういえば、今日は七月六日だと気が付いた。七夕《たなばた》の前日から屋根の上に色紙や短冊を付けた竹笹を高く掲げるのが倣《なら》いとなっている。

　辰吉も昔のことを思い出した。

　手習い所では、七月に入ると紙屋に売っている短冊型の薄い紙に下書きをして、六日になるとちゃんと清書をするのである。師匠は手習い子たちが書いたものを良いか悪いか評価するので、手習い子たちも一番になろうと真剣そのものだった。

　辰吉がもう一度店の前に戻ると、おりさが出てきた。

「どうだった？」

「雇ってもらえることになりました」

「そうか、よかったな。もうすぐに働くのか」

「ええ、これから昼の支度で忙しそうなので、お手伝いします。夕方過ぎに小鈴師匠のところへ挨拶《あいさつ》がてら荷物を取りに行きます」

　おりさがにこりと答えた。

「そうか。じゃあ、もう一緒にお前さんのことを探りに行けなくなるな」

　辰吉は少し寂しく思った。

「働きながらゆっくり思い出します」

「もし思い出せなかったら？」

「その時は、その時です」

おりさはあっさりと言った。明るく前向きな姿勢に、辰吉は好ましく思った。

「そうか。俺はもう少し与三郎のことを捜してみようと思う」

辰吉はそう言って、『川萬』を離れた。

深川に行こうと思い立った。

与三郎がおりさとどのような関係なのか。忠次は軽い調子で父親かもしれないと言っていたが、ひょっとしたらそうなのだろうか。

蛤町の徳善寺の山門をくぐった。そこまで広くない境内《けいだい》は少し歩くと本堂になる。

そこの前で掃除をしている四十代半ばくらいの寺男に声をかけた。

「すみません、通油町の岡っ引き、忠次親分の手下で辰吉と申します。ちょっとお訊ねしますが、ここ五日くらいの話に、額に傷があって、色の浅黒い三十代半ばの男は来ませんでしたか」

「多分あの人ですかね」

寺男はすぐに答えた。

「覚えがあるんですか」

「はい、十七、八の娘さんと一緒でした」

「それで？」

「何があったのかわからないのですが、その娘があちらへ向かって駆け出して、そのあと男が追っていくのが見えました」

寺男が山門の方を指した。

やはり、ここで何かがあったのだ。

「そのふたりに見覚えはありませんか」

「娘は何度か見かけたような気がしますが、男はちょっと覚えがないですね」

寺男が答える。

「娘を見かけたというのは、以前にも墓参りに来ていたということですか」

「ええ」

「どこの墓だかわかりますか」

「いえ、そこまでは……」

寺男は首を横に振った。

「そうですか。ありがとうございます」

辰吉は礼を言って、それから墓の方に回った。板碑《いたび》形《がた》、舟形、角柱形、笠塔婆《かさとうば》など様々な墓石が並んであった。

ざっと見ただけでも千基以上はありそうだ。

辰吉は全《すべ》て詳しく見て回るのは、途方もなく手間がかかると思った。入り口付近の墓をいくつか調べただけで帰ることにした。

帰り際に、桶《おけ》と柄杓《ひしゃく》を持った七十過ぎの隠居風のお爺《じい》さんとすれ違った。

「若いのに偉いですな」

隠居は感心したように辰吉に微笑みかけてきた。

「あ、ええ……」

辰吉は咄嗟《とっさ》に否定できず、曖昧《あいまい》に答えて会釈した。

今度、おりさを連れて来れば何かわかるんじゃないかと思った。それよりも、与三郎を探す方が早くおりさのことがわかる気もした。しかし、おりさが逃げたことから考えると、与三郎に会いたくはないだろう。辰吉が見つけることで、おりさに迷惑がかかることだけは避けなければならないと心に留めた。

三

その日の夜、家々の屋根の上に立てかけられた竹笹の色紙や短冊が暗い中にも風に揺れているのがわかった。

夜空は雲ひとつなく、天の川が輝いていた。秋の夜と言ってもまだ残暑が厳しいので、床几を出して、団扇《うちわ》で扇《あお》ぎながら夜空を見上げている者たちが多かった。

辰吉は小鈴の家に行った。小鈴は鬼灯市《ほおずきいち》の日の座敷で弾く三味線《しゃみせん》の稽古《けいこ》をしなければならないと言って、裏庭に面した部屋で障子《しょうじ》を開けっぱなしにして三味線を弾いていた。

辰吉は縁台に腰をかけ、三味の音を聴きながら夜空を眺めた。

ふと、遠い日のことが蘇《よみがえ》ってきた。

あれは辰吉が十くらいの頃《ころ》で、まだ母が生きており、辰五郎が岡っ引きをしているときのことだった。当時、辰五郎は捕り物に精を出していて、家族のことは二の次になっていた。七夕の数日前に起きた人殺しの下手人を追っていて、七夕は一緒に過ごせないと辰吉はいつものように思っていた。

辰吉は父に反発する気持ちもあったので、寂しい思いを態度では表さなかった。しかし、凜は短冊に『お父《とっ》つあんと一緒に七夕を過ごしたい』と書いていた。

夕方になり、母と竹笹に色紙や短冊を飾った。その時に母の書いた短冊を見ると、凛と同じことが書いてあって、ふたりは顔を見合わせて笑っていた。

「兄さんもお父つあんと一緒に過ごせるように書いてよ」

と、凛に頼まれた。

辰吉は心ではそう願っていたが、

「俺はお父つあんがいなくても平気だい」

と、強がりを言って、凛を泣かせてしまった。

その場は、母が何とか収めて、夜になった。今日のように雲ひとつなく、天の川が綺麗《きれい》に見渡せた。

辰吉と凛と母の三人は裏庭に床几を出して、夜空を見上げていた。

すると、突然、辰五郎が帰って来た。

凛は嬉しそうに辰五郎に抱き着いた。

「お前さん、どうしたんです」

母が驚いたようにきくと、

「何でかわからねえが、下手人が赤塚の旦那のところに自首したんだ」

辰五郎は自分の手柄でなかったことが悔しかったのか、少し不満そうに言った。

「ねえ、やっぱり短冊に書いたことが叶《かな》ったんだね」

凛が弾んだ声で言った。

それから、家族四人で夜空を見上げながら、久しぶりに一家団欒《だんらん》を楽しんだ。

そんなことが蘇り、ふと辰吉の目には涙がにじんだ。

「辰吉さん」

急に隣から声を掛けられた。

辰吉がびっくりして、目を袖《そで》で拭《ぬぐ》って振り向くと、おりさがいた。

「どうしたんだ」

「荷物を取りに来たんです。それより、大丈夫ですか」

おりさが心配そうにきいた。

「何がだ？」

「さっきからずっと話しかけていたのに気づかなかったんですもの。それに、目が……」

「何でもねえ。塵《ごみ》が入ったんだろう」

辰吉は目を指で拭う仕草をして誤魔化した。しかし、おりさはそれを見ながら、

「ふふ」と小さく笑った。

「何が可笑《おか》しいんだ」

辰吉はきつい目で言った。

「いえ、何だか可愛《かわい》らしいなと思って」

「馬鹿にするな」

「だって、そんなに誤魔化さなくてもいいでしょう？　もう泣いているのは見え透いているんだから」

おりさは一段と慣れたように言った。

「お前さんの勘違いだ」

「別に男の人が泣いちゃいけないって訳じゃないのに」

「だから、泣いていねえんだ」

辰吉は強い口調で言った。

「はい、はい」

おりさはにこやかに辰吉を見ていた。

辰吉は咳払《せきばら》いしてから、

「今日、徳善寺に行ってみたんだ。寺男が言うには、そこでお前さんは与三郎から逃げ出したそうだ」

と、真面目な顔をして告げた。

おりさは複雑な目をして、空を見上げた。辰五郎はその横顔を見つめていたが、しばらく経っても口を開かない。

「与三郎を探して話をきくのが一番早いと思うが……」

辰吉の言葉の途中で、

「ううん」

と、おりさが辰吉に顔を戻して遮った。

「もう、昔のことはいいの」

おりさが諦めたように言った。咄嗟に出た言葉ではなく、ずっと今まで考えていたような様子であった。

「どうしてだ」

辰吉はきいた。

「よくわからないけど……。それに、いまの暮らしはとっても楽しいの」

おりさは明るく、穏やかな口調で言った。前の暮らしはそれほど幸せではなかったのではないかと想像した。

その時、夜空に真っすぐに光が走った。

「あっ、流れ星！」

おりさが咄嗟に声を上げ、

「流れ星を見るって、良くない兆しなのかしら？」

と、きいてきた。

「いや、いいことがあるって俺は聞いている」

「本当？　それならいいことがあるかしら」

「お前さんにとっていいこととは何だ？」

辰吉は何げなくきいた。

「秘密よ」

おりさがもったいぶった。

「なんだい、教えてくれてもいいじゃないか」

辰吉は少し口を尖《とが》らせた。今朝《けさ》も小鈴と自分の話をしていたと言って、結局は何のことか教えてくれなかった。

「そのうち教えるわよ」

おりさが微笑んだ。

「まあ、いいさ」

「ねえ、もし流れ星を見て願いが叶うなら、どんなことをお願いする？」

おりさが嬉しそうにきいた。

「そうだな。早く一人前の岡っ引きになりてえってことかな」

「随分大きなお願いね」

「ダメか？」

「ううん、いいと思うわ。辰吉さんなら、なれるわよ」

おりさは励ますように言った。

「あと、もうひとつある」

「それは欲張りよ」

おりさが笑いながら言う。

「そうか」

辰吉は口を噤《つぐ》んだ。

「でも、何なのかきかせて」

おりさが辰吉を覗き込むようにして見た。互いが見つめ合うと、辰吉は急に胸が高鳴った。おりさの顔をまじまじと見ていると、急に恥ずかしくなって目を逸《そ》らした。

「早く教えてよ」

おりさが急《せ》かした。

「お前さんと明日の七夕も過ごしたいなと思って」

辰吉はぽつりとつぶやいてから、横目でおりさを見た。

おりさは顔を綻ばせている。

「もしも、他に誰かと約束していたらいいんだけど」

辰吉の気がせいていた。

「ううん、私も辰吉さんと一緒に過ごしたいわ」

「本当か？」

辰吉は確かめた。すると、おりさは心なしか顔を赤らめて、「ええ」と愛らしい声で頷いた。

気が付くと、小鈴の三味線の音が止《や》んでいた。

「あっ、つい長居しちゃった」

おりさが慌てたように言い、腰を上げた。

「じゃあ、辰吉さん。また明日ね」

「ああ、迎えに行くよ」

辰吉が手をかざすと、おりさはちょこんと頭を下げた。その姿を見て、可愛らしく思い、つい笑みが漏れた。

おりさは小鈴に挨拶してから家を出て行った。

夜風が少し強くなってきて、浴衣では肌寒くなった。辰吉もそろそろ帰ろうと、部屋に入り、三味線の糸を張り替えている小鈴に声をかけた。

「よかったじゃないか」

小鈴はなぜか嬉しそうに言った。

「なにがですか」

辰吉はきき返す。

「おりさちゃんのこと好きなんだろう？」

「いや、そんな……」

「隠したってお見通しだよ」

「えっ……」

辰吉は恥ずかしさと気まずさがあって言葉が続かなかった。

「今朝、おりさちゃんがお前さんのことを好《い》い男だって言っていたんだよ」

「そうなんですか」

辰吉は驚いた。

「ああ、その時にお前さんが来たんだ」

「おりささんがそんなことを？」

「そうだよ。お前さんのことを気になっているんだろう」

小鈴は分かり切ったような顔をしている。辰吉は本当にそうなのだろうかと不思議に思ってしまう。

「憎いねえ」

小鈴は冷やかすように言った。

「おやすみなさい」

辰吉は喜びを抱えながら、逃げるようにして小鈴の家を出て、長屋に戻った。

木戸をくぐり、ふと空を見上げると、流れ星が落ちた。

辰吉は目を閉じて、心の中で願い事をしていた。

四

その数日前の昼前。昨夜の晴れが今朝も続いている。

辰五郎は帳場に座り、『日野屋』の収支を計算していた。

動くと汗が出て来るが、店中の襖《ふすま》を開けっ放しにして、風通しの良いところにいる分には過ごしやすい陽気であった。

爽《さわ》やかな風が店内に入り込むと同時に、滝三郎が土間に入って来た。

「親分、いまよろしいですか」

滝三郎がきいた。

「ああ、構わんよ」

辰五郎は算盤《そろばん》を止め、そこまで計算した分を帳面に付けた。それから、滝三郎には上がってもらい、奥の間に通した。

滝三郎が『日野屋』に来るのは初めてであった。腰を下ろし、床の間を見ながら、

「立派な掛け軸ですね」と褒《ほ》めた。

もう秋になったが残暑が厳しいので、掛け軸もまだ夏のものでもいいかと思ったが、凛がこの奥の間に来た客が、少しでも涼しく感じられるようにと、今朝、秋竹に蜻蛉《とんぼ》が止まっている水墨画に変えたところであった。

「先代の赤塚の旦那に貰《もら》った家宝だ」

辰五郎は自慢げに言った。

滝三郎は興味があるのか、じろじろと見つめていた。

やがて、辰五郎の方を見直すと、滝三郎が姿勢を正して話し始めた。

「この間、観音組だった金次郎《きんじろう》っていう今は大工の棟梁《とうりょう》をしている奴と話したんです。

それで、松之助の話になったんですが、金次郎が言うには、松之助がいなくなる直前、箱崎町の繁蔵親分の家から松之助が出て来るところを見かけたんだそうです」

「なに、繁蔵の家だと？」

「ええ。何でも松之助はものすごく恐ろしい顔をしていたようで。金次郎が松之助に近づいて話をきいてみると、何でもないって言っていたそうです。でも、何か訳ありだと金次郎は睨《にら》んでいたので、さらにきいても松之助は同じ事を言い張っていたと。松之助から繁蔵親分のところから出てきたことは言わないでくれと口止めされたということです。それで、今まで黙っていたようです」

「そうか」

辰五郎は腕を組んだ。繁蔵のところに出向くというのは何かあるのだろう。まして、普段岡っ引きから目を付けられていた連中のひとりだ。

「金次郎は他に何か言っていたか」

辰五郎は滝三郎の顔を改めて見た。

「もう五年ほど前に、金次郎の下で働いている大工が酒場で乱闘騒ぎを起こして、相手を怪我させたことで、繁蔵親分の調べを受けたんです。金次郎がその男の身柄を引き取りに行ったついでに松之助のこともきいてみたらしいんですが、繁蔵親分は松之助なんて奴は知らないって白を切っていたそうです」

「繁蔵がただ覚えていないだけでなくて？」

「まあ、そうかもしれませんが、怒ったような強い口調で言って来たそうで、やはり繁蔵親分と松之助の間に何かあったんじゃないかと思っていたそうです」

「たしかに、怪しいな」

辰五郎は鋭い目つきになって答えた。

「それだけでございます。すみません、お邪魔して」

滝三郎は頭を下げた。

「こっちこそ、わざわざ伝えに来てくれて面倒をかけさせてしまった」

「いえ、ちょうど近くに用があったので」

滝三郎は腰を上げた。

辰五郎は滝三郎を店の外まで見送ってから、再び帳場に戻って算盤を弾《はじ》き出した。

夕方になると、辰五郎は番頭に断って店を出た。

辰五郎は霊巌島から箱崎町の繁蔵の家に行き、戸を開けた。

土間で、辰五郎は繁蔵の名前を呼んだ。

衝立《ついたて》の奥から出てきたのは、見かけない顔の若い男だった。多分、手下を居候させているのだろう。

「どちら様で？」

手下の口調は悪くなかったが、睨みつけるようにしながらきいてきた。

「大富町の辰五郎っていえばわかる。繁蔵と話がしたいんだ」

辰五郎が堂々とした口調で言うと、手下は委縮したように廊下を奥の方に歩いて行った。それからすぐに、繁蔵が杖《つえ》を突いて現れた。顔に傷がいくつかあり、手首にも包帯を巻いている。

「どうしたんだ、その怪我は」

辰五郎は気になってきいた。

「ただ転んだだけだ」

繁蔵はぶすっとした顔で答えた。転んだだけで、そのような怪我が出来るものだろうかと思った。

「それより、何の用だ」

繁蔵は不機嫌そうにきいた。

「もう十七年くらい前の話だが、観音組の小松って呼ばれていた松之助がここに何かの用で来たらしいな。その時のことを教えてくれ」

辰五郎は本題に入った。

「十七年も前？　そんな昔のこと覚えていない」

繁蔵は呆《あき》れたように言い放った。だが、どこか詮索《せんさく》するような目つきをしている。

「別に昔のことを文句つけに来たわけじゃない。ただ、ここに来たかどうかをききたいんだ」

辰五郎は繁蔵の目をしっかりと見てきいた。

「何度も言わせせんじゃねえ。そんな奴のことは知らない」

繁蔵ははっきりと言った。だが、黒目が急に縮んだように見えた。辰五郎の長年の経験から、人が不快に感じたり、不都合なことがある場合に、こういうことがよくあることを知っている。

繁蔵は何かを隠そうとしているのだろう。

「じゃあ、霊巌島四日市町にいた小千代という女は知っているか」

「さあ」

繁蔵は首を傾げる。

松之助のことで繁蔵が何か隠したいことがあるということさえ、この目で確かめることが出来ればよかった。それに、いくらきいても繁蔵は答えてくれないと思い、辰五郎は「邪魔をしたな」と言って帰ろうとした。

「ちょっと待て」

繁蔵が呼び止めた。

「どんなことを調べているのかは知らねえが、お前も倅《せがれ》もたいがいにするんだな」

繁蔵は野太い声で言った。

「何のことだ」

辰五郎はきき返した。

「しらばっくれるんじゃねえ。お前の倅が、深川の方で何やら調べているらしいじゃねえか」

「辰吉が？」

「俺の手下が見ているんだ。またお前らは何か俺を悪者にしようと企んでいるんだろうが、そうはいかねえぞ」

繁蔵は乱暴な口調で言い放つと、背を向けて衝立の向こうに戻って行った。

辰五郎は何のことを言っているのか、さっぱりわからないまま、繁蔵の家を後にした。

帰り道では、松之助と繁蔵の間に何があったのだろうかと考えた。

松之助がいなくなったのは、ちょうど滝三郎の母親が殺された頃である。繁蔵は石助を捕まえたが、そのことに松之助も何か絡んでいるのだろうか。もう一度、あの事件のことを調べてみようと思った。

翌日の明け六つ(午前六時)頃、辰五郎は大富町の『日野屋』を出て、八丁堀の赤塚新左衛門の同心屋敷に向かった。

屋敷の門を入ると、顔見知りの中間《ちゅうげん》が庭掃除をしていた。

「辰五郎親分、珍しいですね」

「ちょっと、赤塚の旦那に頼みがあるんだ」

「今、支度をしているところだと思うのですが、呼んできましょうか」

「ああ、すまねえ」

中間は箒《ほうき》をその場に置いて、表の入り口から入って行った。

しばらくすると、着流し姿の赤塚新左衛門が庭の向こうからやって来た。

辰五郎は赤塚に頭を下げて挨拶をした。

「久しぶりだな。一体、どうしたんだ」

「十七年前の人殺しをまた調べ直したくて」

「十七年前？」

まだ、先代の赤塚の時の事件だ。

「旦那は知らないかもしれませんが、並木町にある『大川屋』の内儀が霊巌島四日市町で死体で発見されたんです。探索の末に、死体があった場所の近くの裏長屋に住む石助という十七歳の若者が捕まりました。最近、その男が恩赦で島から戻ってきたようなんです」

「石助が何か企んでいるのか」

「いえ、そうとはわかりませんが、あの事件の後に急に行方《ゆくえ》のわからなくなった松之助という男がいまして、何か事件に関《かか》わっているのではと思ったんです」

「今さら調べてどうするつもりだ」

赤塚が不思議そうにきいた。

「どうするわけでもありません。ただ、気になるのです」

辰五郎は強く言った。

「そうか。では、今日奉行所に行くときに、その事件の御仕置裁可帳《おしおきさいかちょう》を見ておこう」

「お願いします。では、また夕方伺います」

辰五郎は深々と頭を下げて、赤塚の屋敷を後にした。髪結いとすれ違った。

大富町の『日野屋』に戻った辰五郎は、それから店に出た。季節の変わり目だからか、頭痛、めまい、倦怠感《けんたいかん》、浮腫《むくみ》などで相談しに来る客が多かった。全身の水の流れが悪くなるからと説明して、それを良くする薬を調合して出した。

その日の一日が終わり、七つ半（午後五時）くらいになると客足が途絶えたので、辰五郎は再び赤塚の屋敷に向かった。

八丁堀に行くと、帰宅する同心たちとすれ違った。中には辰五郎の知り合いの者もいるので、軽く挨拶をして、赤塚の屋敷へ辿《たど》り着いた。

屋敷は静かであった。

土間に立って、

「旦那、辰五郎でございます」

と、声をかけた。

すぐにやって来たのは、今朝方取次をしてくれた中間であった。

「まだお帰りではないので、どうぞ上がって待っていてください」

中間が促した。

「いや、そんな図々《ずうずう》しいことは出来ないから、庭で待ってよう」

辰五郎は元岡っ引きの分際なので遠慮して、庭先に出た。薄暗くなった空に目を遣《や》り、うろこ雲をぼんやりと眺めながら、松之助のことに想《おも》いを馳《は》せた。

滝三郎や松蔵から聞いた話では、松之助は無口でどこか捉《とら》えどころのない者だった。小千代という女のひもで、もしかしたら小千代が産んだのは松之助の子どもだったのかもしれない。しかし、その後、小千代はひとりで娘を育てている。松之助はその時にどこで、何をしていたのかは知れない。

小千代は娘が二歳の時に病で亡くなっている。その後、娘は親戚《しんせき》の家に引き取られた。もし、小千代の娘が松之助の子どもだったとしたら、本人はそのことを知っているのだろうか。むしろ、娘が生まれるというのに、家族を捨てて行方をくらますというのが納得できない。

そんなことを考えていると、やがて門が開き、赤塚が帰って来た。後ろには風呂敷《ふろしき》を持った中間がいた。

「遅れてすまぬ。事件の御仕置裁可帳を探すのに手間取ったんだ」

「いえ、恐れ入ります」

「まあ、中に入って話をしよう」

辰五郎は赤塚に続いた。土間で草履《ぞうり》を脱いで、廊下を伝い、裏庭に面した部屋に通された。中間は部屋の前で、赤塚に風呂敷を渡した。

ふたりは向かい合って、腰を下ろした。

「全てではないが、書き写して来たんだ」

赤塚が風呂敷を広げて、辰五郎に書き写したものを差し出した。

「それもそうだけれども、父が残していた記録がこれだ」

赤塚が辰五郎に差し出した。

それによると、次のようなことが書いてあった。

六月朔日《ついたち》の明け六つ頃、霊巌島四日市町で散歩をしていた隠居が新川大神宮の境内《けいだい》で五十過ぎの女の死体を発見、すぐに自身番に報《しら》せた。それから、岡っ引きの繁蔵がやって来て、さらに先代の赤塚新左衛門も死体を検《あらた》めに現れた。

検死により、前日の夕方から夜にかけて殺されたことがわかった。死体の胸部には刃物で刺されたような傷があり、さらには財布がなくなっていることから物盗《ものと》りの仕業だと思われた。

その後の探索で、殺されたのは並木町にある酒問屋『大川屋』の内儀、豊《とよ》だということがわかった。

そして、六月十日、霊巌島四日市町に住む石助が捕まった。

石助は大工の仕事をしていたそうで、決して生活は楽でなかったという。石助は体ふた親は石助が五歳の時に火事で亡くなっている。その後、親戚に引き取られたが、そこでいじめに遭い、八歳の時に家出をした。それから、深川海辺大工町《うみべだいくまち》にある鉄観寺《てつかんじ》という寺で育てられたという。石助は知り合いからは善良な働き者だと思われていたようだが、そのような生い立ちから、世間を恨むようになったのではないかと記されていた。

石助は凶器となった匕首《あいくち》を新川に捨てたと自白したが、いくら探してもその匕首は出てこなかった。

読み終えた辰五郎は、赤塚の父親の記録から目を離した。

「どうだ、何かの役に立ったか」

赤塚がきいた。

「ありがとうございます」

辰五郎は頭を下げて、

「最後にこんなことが書かれていますね。石助という男を捕まえたのには、少し証《あかし》が足りないような気がすると。だが、詮議のときに吟味与力《ぎんみよりき》がこれでは罪には問わないだろう」

と、読み上げた。

詳しくは分からないが、辰五郎も先代の赤塚と同じように思った。

石助は貧しく、生い立ちなどからして、あたかも金目当てで殺しをするような人間のように仕立て上げられているが、殺された頃、石助を新川大神宮で見た人間がいるわけではない。それに、凶器となった匕首が見つからないことも気になった。

とにかく、明日、霊巌島四日市町に行ってみよう。そう決心して、赤塚の屋敷を後にした。

五

翌日の昼前、辰五郎は四日市町に行った。数日前に小千代のことを訊《たず》ねに来て以来であった。

自身番に顔を出すと、この間も会った四十代前半の田舎臭《いなかくさ》い顔の男がひとりでいた。

「親分、また小千代さんのことですか」

「いや、十七年前の人殺しで捕まった石助のことをききたいんだ」

辰五郎は言った。

その途端、男は目を背けて黙った。

「どうしたんだ」

辰五郎は男の顔を覗き込むようにしてきいた。

「別に何でもありません」

男は険しい顔をしている。

「石助のことで何か知っているのか」

辰五郎はきいた。

「いえ……」

「些細《ささい》なことでも構わないから教えてくれ」

辰五郎は頼んだ。

すると、男は少し迷ってから、

「別に繁蔵親分に文句を付けようっていうわけではありませんが、石助は多分やっていないと思うんです」

と、小声で言った。

「どういうことだ」

辰五郎は身を乗り出してきいた。

「石助はあっしの家の前に住んでいたので、親しくしていたんです。石助は耳がほとんど聞こえませんでしたが、唇の動きを読むことが出来ました。それでも、いきなり話しかけられたり、早口だったりするとわからないようです。あっしも含め長屋の連中は皆、石助を家族のように思っていたので、何かと手助けしましたよ。石助は細くて睨みつけているような目をしていて、さらに耳が聞こえ難《にく》いということもあって、長屋以外の者からは変な風に見られたり、喧嘩《けんか》を売られたりすることもあったんです。でも、そんなときは必ず長屋の者たちが仲裁に入っていました」

男はひと呼吸おいてから、さらに続けた。

「石助が捕まったのは、殺された女の金目当てということでしたね。石助は確かに貧しかったですが、借金があったわけではありません。というよりかは、事件より十日ばかり前に借金を全て返したんです」

「借金を返していた？」

「そもそも、他人様《ひとさま》の借金を石助が肩代わりする羽目になっただけなんですが」

「どうやって返したんだ」

「一生懸命働いたんです」

「借金を返したら、今度は自分の蓄えがないから困るんじゃないか」

辰五郎があえてきいた。

「親分、あっしらはその日暮らしなんですから、蓄えなんかそもそもないですよ」

「それもそうだな」

「それに、石助がもしも金に困っていたら、まず長屋の連中に話すはずです。まして、人を殺して財布を盗み取るなんてひどいことをするはずありません」

男はそう言いながら、声を詰まらせた。

「じゃあ、お前さんは石助は無実の罪で捕らえられたというのだな」

辰五郎は確認した。

「ええ、ずっと石助の無実を晴らしたいと思っていたんです」

男はどこか一点を見つめながら答えた。

「そういや、石助は島から戻ってきたそうだが、ここには寄っていないのか」

辰五郎はきいた。

「ええ、来ると思っていたんですが。もしかしたら、石助はあっしらがあいつの仕業だと思っていると勘違いしているのかもしれません。あっしらは石助が無実だと信じているって伝えたいんですが」

男は困ったように、顔をしかめた。

「もし石助がここに寄るようなことがあれば、俺に報せて欲しい」

「ええ、わかりました。石助の為《ため》になることですから」

男は力強く頷いた。

辰五郎は自身番を離れた。

暮れ六つ（午後六時）の鐘が富岡八幡宮から聞こえてきた。
辰五郎は大富町に帰る途中、新川に架かる一の橋まで来た。
「何しやがる」
路地から怒鳴り声がしたかと思うと、「うっ」という呻《うめ》くような声も聞こえてきた。
辰五郎は只事《ただごと》ではないと思い、急いで声のする路地に入った。
すると、三人の風体の悪い遊び人風の男たちが、ひとりの若い男を囲んで殴ってい
た。殴られた男は地面に倒れ込んだ。そこをさらに三人が蹴《け》っていた。ひとりだけ十
四、五くらいの男がいたが、あとの二人は二十歳《はたち》くらいに見えた。
「おい、何しているんだ」

辰五郎はそう叫んで、男たちに近づいた。

「何だ、てめえは」

遊び人風の喧嘩っ早そうなひとりが辰五郎に向かって来ようとした。その時、一番
体格のよい兄貴分のような男が、「おい、やめろ。逃げるんだ」と言って、残りのふ

たりを連れて逃げ出した。

どうやら、辰五郎とわかったので退散したのだろう。

「大丈夫か」

辰五郎はしゃがんで、若い男の顔を覗き込んだ。顔は腫《は》れていて、口元は切れて血が出ている。目つきの悪い人相で、どこかで見かけた気がした。

「あっ、あんたは……」

若い男が辰五郎を見て微《かす》かな声を上げた。

その声で、この間繁蔵の家を訪ねたときに応対した手下だとわかった。

「どうして、あいつらに殴られていたんだ」

辰五郎は男に手を貸して、起こした。

「……」

「どうした？」

「いや……」

手下は目を逸らした。

「何があったか言ってみろ」

辰五郎は少し強い口調できいた。

「繁蔵親分から辰五郎さんと喋《しゃべ》るなと言われているんですよ」

「繁蔵がそんなことを？」

「……」

手下は黙って頷いた。

「繁蔵が俺のことをどう言っているかは知らねえが、俺はあいつを恨んでいるわけでもねえ。ただ、あいつのやり方に納得がいかなかっただけだ。別にお前が繁蔵の手下だからといって、意地悪することもないから安心しな」

辰五郎は言った。

「そうですか。実は親分には内緒で調べていたんです」

「何をだ」

「この間、親分が襲われたんです」

「襲われた？」

「ええ、怪我していたでしょう。親分は転んだと言っていましたが、家の前で笠《かさ》を被った男に襲われたんです」

「それで、どうしたんだ」

「親分は躱《かわ》そうとしたんですが、躱しきれず、怪我を負ってしまいました。あっしはその時、家の中にいて、表が騒がしいので外に出てみたら、親分が倒れていました」

「その時、襲った男はもういなかったんだな」

「そうです。親分はその男を探さないでもいいって言っているんですが、やはり許せなくて。それで、ひとりで探していたんです。そしたら、あっしを繁蔵親分の手下だと知ってか、今の連中が仕返しだとか言って、殴りかかってきて」

手下は情けなさそうに言った。

「じゃあ、繁蔵と襲った奴と同じ連中か」

「いえ、そうじゃないようです。日頃、繁蔵親分に恨みを持っている奴らです」

手下は否定してから、

「辰五郎さん、親分にこのことは」

と、頼んだ。

「大丈夫だ、言わねえよ」

「お願いします」

「繁蔵は自分を襲った奴のことを分かっているんだろう」

「どうなんでしょうか。親分はやられたら、どんなことがあっても相手を痛い目に遭わせますよ」

「そんな繁蔵が追いかけないなんておかしいだろう」

「まあ、たしかに」

「襲った相手を詮索しない方がいいかもしれねえぞ」

辰五郎は忠告した。繁蔵は強引な探索の仕方で、方々で恨みを買っているはずだ。だから、繁蔵を殺そうとする者は何人もいるはずだ。

「そうですね」

手下は不服そうな顔をしていたが頷いた。

「でも、この怪我はどういう言い訳をすればいいんだか……」

「どこかで転んだと言えばいいだろう」

「繁蔵親分だったらすぐに気づきますよ」

「じゃあ、正直に言えばいいじゃねえか。何も悪いことをしようとしたわけじゃないだろう」

「そうなんですが、あっしがへまをしたって叱《しか》られます」

「叱られるのが恐《こわ》いか」

「いえ、親分を怒らせるようなことをしたくないんです。親分はあっしにとって恩人ですから」

「半年くらい前、あっしが賭場《とば》で大負けをして、借金をしたんです。それを踏み倒したので、賭場の連中に襲われたんです。そんな時に、たまたま親分が通りがかって、そいつらにやり返してくれたんです。その姿がたまらなくかっこよくって。それで、さらに借金があることを言うと、肩代わりしてくれたんです」

「繁蔵が？」

まさか、あの強欲で自分のことしか考えない者が、人助けをするなんて俄《にわ》かに信じられなかった。

「はい。その時にこう言ってくれたんです。『人殺しをするような奴は、大抵金に困っているんだ。お前が人殺しまでするとは思えねえが、そんなことで俺はお前を牢《ろう》にぶちこみたくねえ』って」

「あいつも大分丸くなったんだな」

辰五郎は感心するように呟《つぶや》いた。

「皆、繁蔵親分のことを血も涙もない人だという風に見ていますが、そんなことありませんよ」

手下は力強く言った。

「どういうことだ」

「そうか。じゃあ、俺から繁蔵に話をつけておこう」

「でも、辰五郎さんと話すなと言われていますから、その方が親分を怒らせてしまうんじゃ……」

「大丈夫だ。俺に任せろ」

　辰五郎は手下を納得させて、箱崎町の繁蔵の家に向かった。

　手下は家の前に来ると、急に気まずそうな顔になった。

「やっぱり、辰五郎さんと一緒だと親分に叱られてしまいます」

「大丈夫だ。名前は何て言うんだ」

「圭太《けいた》です」

「行くぞ」

　辰五郎が促して、門を入った。すると、庭先で繁蔵がしゃがんでいる背中が見えた。

「繁蔵」

　辰五郎が呼びかけた。

　繁蔵はびくっとしたようにして、振り向いた。それから、ゆっくりと立ち上がった。

　繁蔵の足元には萩《はぎ》の花が綺麗に咲いている。繁蔵は柄にもなく、花でも見つめていたのだろうか。

「怪我の具合はどうだ」

辰五郎がきく。

「悪くねえ。それより、今度は何の用だ」

繁蔵はきつい目をして、舌打ち混じりにきいた。

「お前のところの若い者に助けてもらった礼をしに来たんだ」

辰五郎がそう言うと、後ろで圭太が強張《こわば》った表情をしている。繁蔵が圭太を見て、口を開こうとしたとき、

「こいつを叱るのは筋違いだぜ。変な奴らに絡まれているのを、俺だと知らずに助けてくれたんだ」

と、辰五郎が言葉を挟んだ。

繁蔵が訝《いぶか》し気な目で圭太を見る。

「え、ええ……」

圭太が恐る恐る頷いた。

「ともかく、今日はその礼だけだ」

辰五郎はそれだけ告げて、繁蔵に背中を向けて門を出た。

第三章　真相

一

天窓から早秋の淡い朝日が差し込んでいる。辰吉は眠い目を擦《こす》りながら、重たい体を起こした。また寝坊したら、さすがに忠次に叱《しか》られるだろう。

夢におりさが出てきた。目が覚めてからも、おりさの面影が脳裏に浮かんでいる。

昨日も一昨日《おととい》もおりさに会ったのに……。

身支度を終えると、辰吉は長屋を出て『一柳』に向かった。

外は風が強く吹いている。昨日よりも大分涼しくなっていた。

ちょうど、『一柳』の裏木戸の前で、戸に手を掛けている安太郎に出くわした。

「安太郎兄い、おはようございます」

辰吉は声をかけた。

「おう、辰。急に涼しくなってきたな」

安太郎は戸を開けて中に入りながら顔を向けて答えた。

「ええ、ほんとでございますね」

辰吉が続いて中に入った。

「なんか、いいことでもあったのか」

安太郎は不思議そうな顔できいてきた。

「えっ、なにがです？」

辰吉はきき返した。

「うれしそうだぞ」

「そうですかね」

「あ、そうか。おりさだな」

安太郎はいたずらっぽい目を向けた。

「いや、そんなんじゃ」

辰吉は口ごもった。

「図星だろう。まあ、おりさは素直でいい子そうだから、泣かせるようなことをするなよ」

「兄い、あっしとおりさはそんな仲じゃ……」

「妬《や》けるぜ」

安太郎は冗談混じりに言った。

ふたりは勝手口から母屋《おもや》に入り、廊下を伝って、忠次の部屋に行った。

忠次はいつものように煙管《きせる》を咥《くわ》えて、待っていた。他の兄貴分たちは家業で忙しいらしく、来られないと昨日言っていた。

ふたりは忠次の前に膝《ひざ》を揃《そろ》えた。

「昨日の夕方、田原町《たわらまち》で行商人が襲われて金を奪われたらしい。まだ、誰《だれ》の仕業かはわかっていないが、薬研堀の勝次郎たちが近くにいたと言っている者たちもいる。あいつらは日本橋界隈《かいわい》でも揉《も》め事《ごと》を起こすことがあるから気を付けるように」

忠次が辰吉と安太郎を交互に見て話した。

「俺《おれ》からはそれだけだ。お前らは何かあったか」

忠次がふたりにきいた。

「いえ、特にありません」

安太郎が言った。

「あっしもないです」

辰吉も続いて答えた。

「そうか。じゃあ、これから見廻《みまわ》りに行くぞ」

忠次は灰吹きに煙管を逆さまにして、雁首《がんくび》を叩《たた》きつけて、立ち上がった。

今日は他の岡っ引《おかび》きが赤塚の見廻りの供をする番なので、これから忠次が受け持っている地域の見廻りに出る。安太郎は家業の手伝いをしなければならないのでそのまま帰った。

『一柳』を出ると、本町筋を常盤橋《ときわばし》に向けて歩き出した。

真夏に比べると、大分過ごしやすくなってきたからか、行商人の数も多い気がした。炎天下では程々にしか働いていなかった者たちが、今まで怠《なま》けていた分を取り戻そうと商いに勤《いそ》しんでいる。

道行く人々は、忠次に挨拶《あいさつ》をしていく。

辰吉はその一歩後ろを歩いているだけでも、どこか誇らしい気がしてならない。

「その後、おりさや与三郎のことはどうなった？」

忠次が周囲を見渡しながらきいた。

「徳善寺に行ってきました」

辰吉も何か変わったことがないかと辺りに気を付けながら答える。

「何かわかったか」

「ええ、与三郎とおりさは墓参りに来たそうですが、どういうわけかおりさが与三郎の元から逃げ出したそうです。与三郎がおりさを追いかけて行ったというのを寺男が見ています」

「すると、お前が考えていたようにふたりの間に何か問題があるのかもしれねえな」

「ええ。そうなんです。ふたりが親子だというのはちょっと違うと思うんです」

「どうしてだ」

「もし親子で仲が悪いなら、一緒に墓参りなどに来ないでしょう」

「そうかもしれねえが、親子でなかったとしたら、どうしてふたりで墓参りなんかに行ったんだ」

「そこなんです……」

辰吉は考えるように言った。

「親戚《しんせき》だとか、昔からの知り合いだとか、そんな間柄ということも考えられなくはない」

「それもちょっと違うと思うんです。なぜとは言えないのですが……」

辰吉はもっと違う深い理由があるような気がした。

ふたりは常盤橋の手前まで来ると、一本奥の道に移り、引き返すようにして通油町に戻ってきた。そこから今度は浅草橋に向かって歩いた。

両国広小路《りょうごくひろこうじ》には、朝から青物市場が出ており、両国橋の上には雑貨を売る者や、笠《かさ》を売る者など様々な行商人がいた。いつもより人出が多い気がする。

「掏摸《すり》やひったくりなどが出るかもしれねえ」

忠次は鋭い目つきを光らせながら言った。

「ええ、気を付けてみます」

辰吉は大川端の水茶屋で寛《くつろ》いでいる人々に目を向けて、怪しい者がいないか見ていた。

ふと両国橋の方に目を遣ると、繁蔵の姿を見かけた。

「親分、あそこ」

辰吉が忠次に教えた。

繁蔵は欄干に手を掛け、辺りを見渡している。その隣には広い額に、口の曲がった頑固そうな若い手下の圭太もいる。

次の瞬間、圭太が芝居小屋の方を指して、何かを告げた。

繁蔵は杖《つえ》を手に持ち、ずかずかと指された先の男の方へ向かった。圭太は繁蔵より半歩下って付いて行く。

繁蔵が紺地に白い縞《しま》の入った着物の十四、五くらいの男の肩をいきなり摑《つか》んだ。

その男は驚いたように振り向いた。

繁蔵は杖を放《ほう》り出す。

男は逃げようとしたが、咄嗟《とっさ》に襟首を摑まれていた。それでも、男は体をよじらせ、繁蔵の鳩尾《みぞおち》に肘鉄《ひじてつ》を喰《く》らわした。

だが、繁蔵は体勢ひとつ崩すどころか、逆に男の腕を取り、捻《ひね》り上げた。男はそれでも暴れるので、繁蔵はのど輪を喰らわせた。

「行くぞ」

忠次がそう言って、飛び出した。

「へい」

辰吉も付いて行く。

繁蔵の周りには野次馬が集まっていた。圭太は「見世物じゃねえ」と声を張り上げて、追い払おうとしていた。しかし、その声にむしろ人々が集まってくるばかりであった。

辰吉と忠次は繁蔵の傍《そば》に駆け寄った。男は苦しそうにもがいているが、それでも繁蔵はのどを締めあげていた。

「何しているんです」

忠次は繁蔵に声をかけた。

繁蔵はのどに手を掛けたまま、忠次に顔を振り向けた。

「お前は関係ねえ。引っ込んでろ」

繁蔵がきつく言った。

「そういうわけには、いきません」

忠次は繁蔵の手を摑んで男から離した。

「邪魔するんじゃねえ。こいつは勝次郎の仲間だ。それに、圭太を襲った」

繁蔵が怒鳴った。

「だからといって、見たところまだ十四、五の子どもじゃありませんか！　繁蔵親分のような人がここまでしちゃならないですぜ。赤塚の旦那《だんな》の顔に泥を塗ってもいいんですかい」

忠次がいつになく厳しい顔をして注意した。

繁蔵は忠次を睨《にら》みつけた。

ふたりの目が宙でぶつかり合う。忠次は一歩も引く気配はない。

先に目を逸《そ》らしたのは繁蔵であった。

「行くぞ」

繁蔵は舌打ち混じりに手下に言い付けて、両国橋に向かって歩き出した。

「親分、こいつはどうするんです」

忠次が呼びかけたが、繁蔵は無視して、両国橋を渡り去って行った。
十四、五の男もその場から去ろうとした。
「待て」

忠次が呼びかけた。

辰吉は逃げられるかもしれないと思い、行く手を阻《はば》むように男の前に回り込んだ。

男は辰吉と目が合うと、目を左右に動かして逃げ道を探そうとしていたが、諦《あきら》めたようにため息をついた。

辰吉は男の腕を摑んだ。

「なにがあったかしらねえが、岡っ引きに歯向かうとはいい度胸だな」

忠次が男を見定めるようにして言う。

男は目を背けて何も答えない。

「ここだと人通りが多い。ちょっと、人目の付かないところへ移ろう」

忠次はそう言って、辰吉に目顔で合図して、近くの自身番へ行った。男は毒々しい顔をしている。

「すまねえ、ちょっと使わせてもらうぜ」

忠次が自身番にいる男に断ってから、男を奥の板敷の間に押しやった。

辰吉は男を座らせた。

忠次が男と向かい合うように腰を下ろしてから、辰吉も倣《なら》った。男の顔を改めて見ると、まだ幼さが残っている。ふてぶてしい態度だが、どこかいい家の息子がやさぐれたような雰囲気を醸し出していた。

「繁蔵親分との間に何があったんだ」

忠次が真剣な目を向けてきいた。

しかし、男はさっきと同じで、目を背けたまま何も答えない。

「何も答えないでいると、長引くだけだ。どうせ白状するなら、さっさと済ました方が得だぜ」

忠次が諭すように言った。

「……」

男はそれでも無視するので、忠次は大きくため息をついた。

「名前は?」

忠次がきいた。

「……」

「どうした、それも答えられねえのか」

「……」

「繁蔵親分に歯向かうくらいだから、余程肝《きも》が据わっていると思えば、そんなこともないんだな」

忠次が鼻で笑う。

男は目に角を立てて、忠次を睨んだ。

忠次が改めて、男に厳しい眼差《まなざ》しを向けた。

「松太郎《まつたろう》だ」

男はぼそっと言う。

「親分に向かって、口の利き方を考えろ！」

辰吉は叱った。

男は「松太郎です」と吐き捨てるように言った。

「松太郎、お前を責めようっていうんじゃねえ。何があったかききたいだけだ」

忠次が凄《すご》みのある顔で松太郎を覗《のぞ》き込んだ。

松太郎は委縮したように頷《うなず》いてから、

「あっしは繁蔵親分に目を付けられているんだ」

と、微《かす》かに震える声で答えた。

「おい、口の利き方！」

辰吉はまた注意した。

松太郎は肩をびくっとさせ、怖気《おじけ》づいたような目をした。

「何かやらかしたのか」

忠次がきいた。

「別に何をしているわけではないんですが、兄貴分たちと遊んでいるだけです」

「兄貴分っていうのは誰なんだ？」

「……」

「答えられねえのか」

「いえ、薬研堀の勝次郎兄貴です」

「繁蔵親分が言っていたことは本当だったのか。そいつは付き合わねえほうがいい」

忠次は言葉を被《かぶ》せるようにして言った。

「あっしもそう思うぜ」

辰吉は口を挟んだ。

「でも、勝次郎兄貴は世間が思っているような人じゃないんです」

松太郎が辰吉と忠次に交互に目を遣《や》りながら、必死に言った。

「どんな恩があるか知らねえが、勝次郎は根っからの悪党だ」

忠次は言い切った。

「そんなことありません。勝次郎兄貴は仲間思いです。あっしのことをよく考えてくれますし」

松太郎が不満そうに言い返す。

「お前のことを考えてくれるだと？」

「ええ」

「どういう風に考えてくれるんだ？」

「あっしを色んなところに連れて行ってくれたり、遊びを教えてくれたり」

「どうせ、まともなことはしていないはずだ」

「あっしにとってはそれが楽しいんです」

「楽しけりゃいいってもんじゃねえだろう」

「……」

「え？　人に迷惑をかけているのもわからねえのか」

忠次が優しくたしなめた。

「どんなことでも、あっしのことを考えてくれるひとに初めて出会ったんです。だから、あっしは勝次郎兄貴のことを悪く言うなら……」

松太郎は唇を震わせた。

「それなら、何だって言うんだ」

「いえ。でも、勝次郎兄貴はあっしにとっては血のつながった家族以上に大切なんです」

松太郎は強い口調で言う。辰吉には虚勢を張っているようにしか見えなかった。

「馬鹿っ！　そんなことを言うもんじゃねえ」

忠次が本気の目で叱りつけ、

「お前のお父《とっ》つあんやおっ母《か》さんの方がそんな奴《やつ》らより、余程考えてくれるだろう」

と、付け加えた。

「親分、何にも知らないのに勝手なこと言わねえでください」

松太郎はムッとした顔で言い返した。

「なんだと？」

「親はあっしのことをちゃんと考えてくれていませんよ。特に親父《おやじ》はそうですよ。家業が大切なんでしょう。ちゃんと商いの勉強をしろとしか言わねえで、いつだってあっしに好きなことをさせてくれませんよ」

松太郎の顔は真っ赤になっていた。

そんな松太郎を忠次はなだめようとしたのか、

「なあ、松太郎」

と、松太郎の目を改めて見て穏やかな口調で言った。

「はい」

松太郎は少し落ち着いたように答えた。

「お前のお父つあんは商売しているのか」

「ええ」

「何屋だ」

「料理茶屋です」

「そこをお前に継がせたいから、口うるさく言っているのがわからねえのか」

「それはわかりますが、親父は真面目《まじめ》過ぎるんです。それはあっしとは馬が合いません」

「なに、甘ったれたこと言ってるんだ。真面目なのはいいことじゃねえか。商売に一番大切なことだ」

「でも……」

松太郎はさらに何か言おうとしたが、途中で言葉を呑《の》んだ。

「ちなみに、どこの料理屋なんだ」

「『駒水』です」

「なに、『駒水』だと？」

忠次がきき返した。心なしか目つきが少し変わった気がした。『駒水』といえば、今度小鈴と妹の凜が座敷に呼ばれて、三味線《しゃみせん》を弾くところだ。

「お前のお父つあんはお前のことを思っている。これは確かだ。口うるさくいうのも、お前に変な道に走らないで欲しいと思うからだ」

と、真剣な顔で言い切った。

「あっしは変な道になんか走りません。それに、あっしをいじめたいだけなんです」

「そんな親があるか」

「あっしの親がそうなんです！」

松太郎は声を荒らげた。何を言っても反発する。辰吉はふと、少し前までの自分のようだと思った。辰吉も父の辰五郎と長い間仲違《なかたが》いをしていた。だから、松太郎の言うことがわからなくもない。

忠次は深くため息をついて、顎《あご》に手を当てた。

しばらく、沈黙が続いた。

「お前は親が嫌いなんだな」

忠次が静かにきく。

「ええ」

松太郎は思い切り頷いた。

「どうして嫌いなんだ」

「さっきも言ったように……」

「それは本心じゃねえはずだ」

忠次は遮った。そして、「親と何があったんだ」ときいた。

「……」

松太郎は答えない。忠次は松太郎が言い出すのを待っていた。

再び長い沈黙があった。

「とにかく、勝次郎とは付き合うんじゃねえ」

忠次が重く低い声で言うと、松太郎は曖昧《あいまい》に首を動かした。

「まあ、今日のところは帰っていい。くどいようだが、勝次郎たちから離れるんだ。それに、親父の言うことは聞け」

忠次は最後にもう一度忠告した。しかし、松太郎にその言葉が響いているのかどうか、わからなかった。

二

その日の八つ半（午後三時）、辰吉と忠次が見廻りを終え、『一柳』に向かう途中、

「辰五郎親分のところに行って来る」

と、忠次が言い出した。

「何か言づけがあるなら、あっしが」

辰吉は気を利かせて言った。

「さっきの松太郎のことだ。でも、俺から直《じか》に話す」

「そうですか。なら、あっしも付いて行ってよござんすか」

「ああ、構わねえ」

忠次は頷き、

「『駒水』の旦那は松蔵という人なんだが、辰五郎親分がこの間、松蔵と呑んだっていうことを聞いたんだ」

と、話し出した。

「そういえば、この間うちで『駒水』の話が出てきたときに、親父が旦那によろしく伝えるように凜に言っていましたっけ」

辰吉は思い出した。

「そこの倅《せがれ》が薬研堀の勝次郎のような奴と一緒にいるのを伝えておいたほうがいいと思ってな」

「確かに、そうですね」

辰吉は頷いた。

「じゃあ、行くぞ」

ふたりは大富町へ向かった。

いつものように、日本橋を渡り、楓川沿いを進んだ。

「そういや、さっきの松太郎と話していると、まるで昔のお前のようだった」

忠次がクスッと笑った。

「お恥ずかしいですが、あっしもそう感じたんです」

「お前なら、松太郎の気持ちがわかるか」

「わからなくもねえですが、勝次郎のような奴と付き合うほど、あっしは落ちぶれちゃいませんでしたよ」

「落ちぶれたっていうか、あいつは仲間が欲しいだけだろう」

忠次がわかりきったように言う。

「仲間ですか……」

辰吉は呟《つぶや》いた。

まだ、辰五郎と仲違いしていて、忠次の手下にもなっていなかった頃《ころ》につるんでいた者たちの顔が頭に浮かんだ。ほとんどが橘家圓馬の開く賭場《とば》で知り合った者たちで、中には無法者もいる。賭場以外で知り合った友達は魚屋の善太郎くらいだった。しかし、最近は辰吉も捕り物の方が忙しくて、善太郎と会うことが滅多にない。

「親分が松太郎に、親との間に何かあるかきいたとき、あいつは答えなかったですね」

辰吉がきいた。

「何かきっかけがあるはずだ。それを隠しているんだな」

「どんなことがあったんでしょうね」

辰吉は首を傾《かし》げて、考えた。

「お前のときはどうだったんだ」

忠次が辰吉を横目で見た。

「親父が捕り物に精を出していて、家族を顧みなかったからです」

辰吉は懐かしく思いながら答えた。

「寂しい思いをしたからか」

「寂しいっていうか、おっ母さんや、凜やあっしのことをどうとも思っていないのかと」

「辰五郎親分がちゃんと家族のことを考えているって知ったから、お前は仲直りしたんだろう」

「ええ」

「松太郎もそのうち大切に思われていることを知る時がくるだろう。でも、それが何かやらかしてからじゃ遅いんだ」

忠次は真剣に言った。忠次には子どもがいない。忠次は辰吉や安太郎などの手下にまるで我が子のように時に厳しく、時に優しく接している。忠次が子育てをしたら、どんな立派な子に育つのだろうかとつくづく思う。子どもを作らないのかということは何度も思ったが、きくことはなかった。

ふと、自分がまだ忠次の手下になる前のときのことを考えた。

「もし、あっしが親父と仲直り出来ていなかったら、変な道に進んでいたと思いますか」

辰吉はきいた。

「うーん」

忠次は少し考えてから、

「ああ、お前も悪の道に走っていたな」

「そうですか……」

「冗談だ。お前に限ってそんなことはないだろう」

忠次は軽く笑いながら答えた。

そんなやり取りをしながら、白魚橋を渡り、すぐに左に折れて、真福寺橋を渡って大富町に入った。

『日野屋』に着くと、裏に回り、勝手口から入った。廊下を伝い、居間へ行った。居間の襖《ふすま》は開けっ放しになっており、辰五郎は茶を飲みながら煙管を咥えていた。

「親分、失礼します」

忠次は断ってから、中に入った。

「忠次に辰吉」

辰五郎は煙管を口から離して、座るように促した。

三人は車座になった。

「親分、『駒水』の倅の松太郎が、薬研堀の勝次郎っていう厄介な奴と絡んでいました。この間、『駒水』の旦那と呑んだっていうから伝えておこうと思ったんです」

忠次が真剣な表情で伝えてから、薬研堀の勝次郎がどんな者なのかを説明した。

「とにかく、勝次郎っていう男はどうしようもない奴なんです」

忠次が真剣な顔で訴えた。

「松蔵に伝えてやった方がいいかもしれねえな」

辰五郎は表情を曇らせて答え、

「実は以前松蔵と会ったときに、息子のことを心配していたんだ。近頃、まったく親の言うことを聞かないで、まだ十四なのに吉原に通ったり、喧嘩《けんか》に明け暮れているって。でも、まさかそんな奴らとつるんでいるとは松蔵は思ってもいないだろうな」

と、同情するような目をした。

「とくに、松蔵は自分も若い頃、似たようなことをしていたんで、余計に心配なんでしょうね」

「そうだと思う。まあ、松太郎が一方的に悪いわけでもないだろう。おそらく、松蔵にも落ち度があったから、こんなことになったんだな」

辰五郎が、まるで昔の自分を責めているかのように言った。

「いや、松太郎が甘ったれなんだ」

辰吉は松太郎を非難するようなことを口走った。

「……」

辰五郎が複雑そうな顔をした。

「あっしも松太郎がいけないと思います。ただ、親が口うるさいからそれに反発しているようなことを松太郎は言っていましたが、どうもそれだけではない気がするんです」

忠次が首を傾げた。

「違うって？」

「何とは言っていませんでしたが、もっと事情がありそうです」

忠次はそのことを松蔵に確かめてくれと託すように言った。

「そうか」

辰五郎は小さく頷きながら、

「まだ、松太郎は何も面倒を起こしていないんだな」

と、確かめた。

「そのようですが、繁蔵親分に肘鉄を喰らわせていました。繁蔵親分は松太郎を捕らえようとしていたようです」

「繁蔵が松太郎を?」

辰五郎は声を上げた。

「はい。何でも手下が勝次郎の一味にやられたそうで。その時に松太郎も一緒にいたそうなんです」

忠次が説明する。

辰五郎は眉間《みけん》に皺《しわ》を寄せて何やら考えているようであった。

「繁蔵親分はもしかしたら、薬研堀の勝次郎を捕まえるために、まず周りの者たちから崩していくつもりなのかもしれません」

忠次が考えを述べた。

「いや」

辰五郎は首を微《かす》かに傾げた。

「違いますかね」

忠次が珍しく、自信なさそうな顔をした。

「わからねえが、もしかしたら……」

と、辰五郎は遠い目をして、考えこんだ。

「もしかしたら何です？」

忠次がきいた。

「繁蔵なら、周りから捕まえていくなんて回りくどいことはしないだろう」

「まあ、たしかにそうですね」

「他に狙いがあるんじゃないか」

「狙い？」

「松太郎を助けてやろうとしたとか」

辰五郎は急に意外なことを言い出した。

「えっ、繁蔵親分が？」

忠次が信じられないような顔をして、ききかえした。

「この間、繁蔵の手下と話して、あいつに対する見方が少し変わったんだ。今までは血も涙もなく、強引な探索をするあくどい奴としか思わなかったんだが、人を思いやる気持ちを持っていないわけではないらしい」

「そんな、冗談でしょう？」

「いや、冗談じゃない」

「本当ですか」

忠次はまだ疑うような口ぶりであった。それは辰吉も同じだ。あの繁蔵に人を思いやる気持ちがあるとは思えない。今まで繁蔵に付いていた手下だって、耐えられないで続々と辞めてしまうほどだ。

「たしかに、繁蔵のやり方は許せないが、あいつなりに考えているところもあるんだろう」

辰五郎は繁蔵を擁護するようなことを言い続けた。

「親分、何かあったんですか」

忠次が心配そうにきいた。

「いや、何も。どうしてだ？」

「親分がそんなことを言うなんて、ちょっと不思議なんです」

「まあ、俺の言うことが間違っているかもしれない。そのうち、わかるかもしれねえ」

辰五郎は意味深なことを口にした。

「どういうことですか？」

忠次がきいた。

「昔のことで……。いや、なんでもねえ」

辰五郎は打ち切るように言った。

忠次はそれ以上きかなかった。

廊下に足音がして、番頭が顔を出した。

「旦那さま、お客さまが」

番頭が辰五郎の耳元で知らせた。

辰五郎は番頭に頷き、

「とりあえず、松太郎のことは松蔵に伝えておく」

と、言って立ち上がった。

「お願いします」

忠次は頭を下げてから、辰吉と一緒に『日野屋』を後にした。

帰り道、忠次は何度も首を傾げて、考え込んでいた。

「やっぱり、俺には辰五郎親分の言っていることが納得できない。繁蔵親分が松太郎を助けようとしているなんて」

忠次が不思議そうに言った。

「あっしも、同じです」

辰吉が答える。

「それにしても、辰五郎親分は何でそんなこと言い出したのだろう」

「たしかに、よくわかりませんね」

「繁蔵親分のことを見直したようなことも言っていたな」

「はい」

「それがわからない。今まではあれだけ考え方が違っていたのに……。親分に何かあったんだろうか」

「何かって言いますと？」

辰吉がきいた。

「それはわからねえ。親分は話していないことがありそうだ。変なことに巻き込まれていなければいいんだが」

忠次は心配そうに言った。

「でも、親父のことだから大丈夫だと思いますよ」

辰吉は根拠がないが、そう答えた。

ふたりは通油町の『一柳』まで戻ると、そこで別れた。

辰吉は長屋に帰った。部屋にひとりでいると、おりさのことが脳裏に浮かんできた。

そして、無性におりさの顔を見たくなった。おりさのことで頭がいっぱいだ。なぜ、おりさのことを考えると胸が疼《うず》くのだろう。

気が付くと、長屋を出て、田所町の『川萬』に急いでいた。

ちょうど、夕飯時だ。

商家の旦那と番頭風の男のふたりが店に入って行った。

辰吉はその際、戸口から中を覗いた。おりさは忙しそうに立ち働いていた。

辰吉はしばらくおりさを見つめ、もどかしい気持ちを抑えながら、長屋に戻って行った。

三

翌日の昼前、辰五郎は駒形町の料理茶屋『駒水』へ行った。店に入ると、奉公人たちが仕込みや準備で忙しそうに動き回っていた。

辰五郎が声をかけようとすると、ちょうど、廊下の少し先に大柄な松蔵の姿を見かけた。

「あっ、親分」

松蔵も気が付いたようで、近づいて来た。

「どうされたんですか」

「ちょっと、お前さんに報《しら》せたいことがあるんだ」

「松之助のことですか？」

「いや、違う」

辰五郎がはっきり言うと、松蔵は何かを察したように、

「まあ、こちらへどうぞ」

と、客間に案内してくれた。

そこで、ふたりは向かい合って座った。

松蔵は固い表情をしている。大きく息を吐いてから、

「うちの倅のことでございますか」

と、恐る恐るきいた。

「そうだ」

辰五郎は静かに答えた。

「何をやらかしたんでしょう？」

「まだ何もやらかしちゃいねえが、薬研堀の勝次郎っていう輩《やから》とつるんでいるそうだ」

「薬研堀の勝次郎？」

「俺も詳しくは知らねえが、近ごろ派手に暴れまわっているみたいだ。まあ、昔の観音組みたいなものだろう。いや、もっと酷《ひど》いかもしれねえ」

辰五郎はそう言い、

「松太郎は昨日、繁蔵に歯向かっていたそうだ」

と、付け加えた。

「えっ」

松蔵は驚いたように声をあげた。

「忠次が止めに入ったので、松太郎に何事もなかったが、このままじゃ何をしでかすかわからないぞ」

辰五郎は注意した。

「繁蔵親分のことだから、しょっ引かれることもありそうですね」

松蔵の表情がさらに強張《こわば》った。

「それは心配するな」

「でも」

「繁蔵に松太郎を捕まえるつもりはねえんだ」

辰五郎は言い切った。

「そうですか……」

松蔵が少し考えてから頷いた。

「それより、松太郎はどうなっているんだ」

辰五郎は改まった声できいた。

「前にも言った通り、親の言うことを全く聞かずにあの年で吉原に遊びに行ったり、どこかで喧嘩してきたりとやりたい放題でして」

松蔵は弱り切った表情で嘆いた。

「そうじゃなくて、何で松太郎がそんな風になっちまったんだ」

辰五郎がもう一度きく。

「私ががみがみうるさいのが理由なんでしょう」

「本当にそれだけか？」

「え？」

「忠次が松太郎に話をきいたとき、もっと事情がありそうだと言っていた」

「事情ですか……」

松蔵の片眉《かたまゆ》が上がった。

「何か思い当たる節があるんだな」

辰五郎は確かめた。

「いえ、でも、私が考えているようなことかわかりません」

松蔵が言いにくそうに答えた。

「いいから言ってみろ」

辰五郎は促した。

「わかりました。実は、妾《めかけ》のことなんです。ずっと、女房以外の女とは無縁な暮らしでしたが、半年くらい前から妾を囲っているんです。女房の内心はわかりませんが、何も文句はいいません。でも、松太郎はそれがすごく嫌そうでしたね」

松蔵はため息混じりに答えた。

「なんで妾を？」

辰五郎は訊《たず》ねた。が、すぐに野暮なことをきいてしまったと悔やんだ。

「観音組を辞めて、家業に精を出すようになってから、ずっと真面目に働いて来ました。女房や子どものためにも色々尽くしてきたつもりです。でも、いつしか四十近くになって、体の衰えを感じてきたんです。その時、ふと、このまま男として終わるのは勿体《もったい》ないと、まあ魔が差したと言いましょうか……」

松蔵はばつが悪そうな顔をした。

「そうか。その気持ちはわからないでもねえが、松太郎の気に障《さわ》ることに気づかなかったのか」

「ええ、正直なところ、松太郎がどう思うかは考えていませんでした」

「それだ」

辰五郎は膝を軽く叩いた。

「え？」

「妾を囲っている旦那なんてざらにいる。松太郎はそんなことで責めるような初心《うぶ》でもねえだろう。ただ、自分がなおざりにされているのが気に食わなかったんだ」

辰五郎は松蔵の目をしっかり見た。

松蔵は唇を嚙《か》みしめ、

「そうかもしれません」

と、弱った声で言った。

「まだ、松太郎は何も起こしちゃいねえ。今なら引き返せる。今度、ちゃんと話し合ってみな」

辰五郎は助言した。

「ええ、そうします」

松蔵は頭を下げた。

「俺の用はそれだけだ」

辰五郎はそう言って立ち上がり、部屋を後にした。

七つ（午後四時）頃、辰吉は箱崎町の繁蔵の家に行った。

土間で繁蔵の名前を呼びかけると、居候している手下が出てきた。

「繁蔵はいるか」

「どんな用で？」

「俺が来たとだけ伝えれば、わかるだろう」

手下は奥へ行った。そして、すぐに繁蔵を連れて来た。繁蔵はまだ杖をついていて、手下は支えるように付き添っていた。

繁蔵が辰五郎の元まで来ると、手下は奥に去って行った。

「今度は何だ」

繁蔵が訝《いぶか》しい目つきできく。

「松太郎のことだ」

「忠次から聞いて文句を言いに来たんだろう」

「いや、そうじゃねえ。お前のことを見直したと言いに来たんだ」

「急に何を言うんだ」

繁蔵は気味の悪そうな顔をした。

「本当は松太郎を助けたかったんじゃねえのか」

辰五郎は探るような目つきで繁蔵を見た。

「あいつは俺の手下の圭太を襲った。それに、勝次郎たちともつるんでいる。だから、捕まえようとしたんだ。そしたら、忠次が邪魔しやがって」

「松太郎が中心となって、手下を襲ったわけじゃねえだろう。それなのに、松太郎を捕まえようとするのは、お前らしくねえ。お前はそんな下っ端に興味がないはずだ」

辰五郎は見透かしているかのように言って、さらに続けた。

「手下の圭太も困っているところをお前に救ってもらったそうじゃねえか。本当は悪い道に入りそうな若い奴のことを放っておけないんだろう。どうせ、松太郎を捕まえても、説教をして、許していたはずだ」

「なに、ぬかしやがる」

「お前は認めないだろうが、そうに違いねえと睨んでいる。ともかく、松太郎は『駒水』の松蔵の倅だ。感謝するぜ」

辰五郎は微笑《ほほえ》みかけた。

すると、心なしか繁蔵も少し気を許したのか柔らかい表情になった。

「もうひとつ、ききたいことがあるんだ」

辰五郎が切り出した。

「なんだ？」

「滝三郎の母殺しのことなんだが、先代の赤塚の旦那は石助の仕業だとは言い切れないと書き残していた。それに、石助は皆が思っているようなひたむきで、一生懸命に働いている良い男ではないかもしれないとも書き綴《つづ》っている。どういうことなのか、教えてくれねえか」

辰五郎は頼んだ。

「何を調べているんだ」

繁蔵が嫌そうな顔をしながらもきいてきた。

「実は石助が恩赦で戻ってきたので、並木町の『大川屋』の滝三郎が気にして俺に相談に来た。それもあって、昔のことを思い出していくうちに、松之助のことも蘇《よみがえ》ってきたんだ。松之助はどこかにいなくなる前、俺に何かを言いに来た。それが何なのか、知りたいだけだ。今さら、どうっていう話ではねえが」

辰五郎は正直に話した。

繁蔵は少し考えるような目つきをしてから、

「前にも言った通り、松之助のことは知らねえ」

と、はっきりと言った。

しかし、少し動揺しているようにも見える。

「松之助のことはっていうと、石助のことは知っているのか？」

辰五郎が言葉尻を捉《とら》えた。

「石助は根っからの悪党だ。耳が聞こえねえふりをして周りを欺《あざむ》いているし、他人の借金を肩代わりしたとかいって、実は全部自分が博打《ばくち》で作った金なんだ。それに、あいつは娘を襲ったり、気の弱そうな奴から金を強請《ゆす》ったりしていた。あんな下劣な野郎はねえ」

繁蔵は頭に血が上っているように喋《しゃべ》った。

「そうか。やっぱし、そんな奴だったのか」

辰五郎が言った。

「ああ、あいつはまた何かしでかすかもしれねえ」

「いま、石助の居場所は分かっているのか」

「さあ、ずっと気を付けているがな」

繁蔵は首を横に振った。

「わかった。色々教えてくれてありがとよ」

辰吉は礼を言った。

「……」

繁蔵は黙ったまま、微かに頷いた。

「今度、一緒にお前と呑みてえな」

辰五郎が冗談っぽく言った。

「やめろよ、気味が悪い」

繁蔵は少し笑って返した。

「じゃあ、またな」

辰五郎は戸を開けて、繁蔵の家を出て行った。

四

ますます日は短くなり、夕暮れになると、あっという間に薄暗くなった。ヒグラシの鳴き声がうるさい。だけど、どことなくもの哀しく感じる。

外に床几《しょうぎ》を出している人たちはいるが、夏のように活気にあふれることなく、静かに夜空を見ながら語らう者たちが多い。

辰吉がうなぎのタレの匂《にお》いが漂う田所町の『川萬』の外で待っていると、やがておりさが出てきた。

「待たせちゃったかしら」

「いや、そんなに待っていねえよ」

辰吉の顔が綻《ほころ》んだ。

ふたりは浅草寺に向かって歩き出した。今日は四万六千日《しまんろくせんにち》で、昼間に一緒に浅草寺へお詣《まい》りに行きたかったが、おりさは店があるので夕方になった。これでも、おりさは特別に少し早く上がらせてもらったようで、店はまだ客がいる。

肩が触れるか触れないかくらいの間を開けて、寄り添うように歩いた。

「仕事の方はどうだ？」

辰吉は胸の高まりを抑えながら、正面を向いたままきいた。

「だいぶ慣れて来たわ」

おりさが答える。

「ならよかった」

ふたりが並んで歩いているのを見た、床几に腰を掛けている若い男たちが冷やかすように言葉をかけてきた。

辰吉はそんな言葉も心地よいほどであったが、おりさは少し嫌そうな顔をして急ぎ足になった。

いつの間にか、暮れ六つ（午後六時）の鐘が聞こえてきた。

ふたりは浜町川《はまちようがわ》を越え、橘町《たちばなちよう》、横山町《よこやまちよう》、馬喰町を抜けて両国広小路へ出た。浅草橋を渡ると、浅草寺の方に向かってひとがぞろぞろ歩いていく。すれ違うひとはたいがい鬼灯《ほおずき》を持っていた。

御蔵番屋敷《おくらばんやしき》の前を通って、駒形堂《こまがたどう》の前で並木町に入った。

雷門《かみなりもん》まで行くと、さらにひとが増えていた。

辰吉ははぐれないように、おりさの手を握ろうとしたが、なぜか臆病《おくびょう》になった。すると、おりさの方から手を伸ばし、辰吉の袖《そで》を摑んだ。

「辰吉さんに付いて行くわ」

「ちゃんと摑まってろ」

辰吉はそう言い、雷門をくぐり、仲見世《なかみせ》を通って、ずっと先にある本堂に向かった。手水《ちょうず》の辺りから本堂にかけて列ができている。

「ほんと、ひとが多いのね」

「手を放すんじゃねえぞ」

辰吉は辺りを見渡していると、少し先に松太郎の姿を見かけた。松太郎はじろじろと往来の人たちを注意深く見ていた。目つきが異様なのが気に掛かる。

「どうかしたの？」

おりさがきいてきた。

「いや、ちょっと知っている男がいたんだ」

辰吉はおりさを向いて答えた。

「挨拶しなくていいの」

「ああ、そういうのじゃねえ」

「それより、毎年、こんなに大勢集まるの？」

「そうだな。今年は少し多いかもしれねえが、だいたいこんなもんだ」

辰吉はそう言いながら、松太郎の方を見た。

松太郎は参拝の列にならんでいる紺色で花柄の着物の二十歳《はたち》くらいの女に近づいていった。松太郎はいきなり、女が手に持っていた巾着《きんちゃく》を奪って走り去った。

「きゃっ」という女の声が聞こえた。

「おりささん、ちょっと待っていてくれ」

辰吉はたまらず、松太郎が逃げた方へ駆け出した。

「えっ、どうしたのよ。辰吉さん！」

おりさの不安そうな声を背中にきいたが、体が勝手に松太郎を追っている。

松太郎は仁王門《におうもん》の方に行ったが、途中の路地を右に折れた。

その時、一瞬、松太郎と目が合った。

辰吉もすぐその角を曲がった。

松太郎は足を速めた。辰吉も負けじと思い切り走った。

段々とふたりの間が縮まる。

松太郎は再び振り向いた。

松太郎は足の動きが鈍くなった。たちまち差は縮まった。

辰吉は手を伸ばす。

次の瞬間、松太郎の肩口を摑んだ。

松太郎は足を止めた。

「おい、てめえ、巾着を盗みやがったな」

辰吉は肩口をぐいと引っ張って、振り向かせた。

「すみません」

松太郎は泣きつくように詫《わ》びた。

「謝るんなら、俺じゃなくて、取った娘に謝りな」

「はい」

ふたりは元来た道を引き返した。辰吉は逃げられないように松太郎の腕を摑んでいた。

「この間、忠次親分と話したばかりじゃねえか。なんで、ひったくりなんかしやがるんだ」

辰吉は無性に腹が立った。

「……」

松太郎は黙っている。

「どうせ、遊ぶ金が欲しくてやったんだろう」

辰吉は決めつけて言った。

「いえ、そんなんじゃねえんで」

「じゃあ、なんだ」

「……」

「いいから、言ってみろ」

辰吉は一度立ち止まり、松太郎を振り向かせた。

睨みつけると、松太郎は目を背けた。

「おい！」

辰吉が怒鳴りつけると、

「勝次郎兄貴に言われたんです」

松太郎は小さな声で言った。

「ひったくりをしろって？」

辰吉は再び歩きながらきいた。

「この間、忠次親分に捕まったことを話したら、あっしのことを情けない、そんな奴はもう仲間じゃねえと言い出すんです。それで、もう一度仲間にしてもらうには、何でもいいからやってこいと言われて……」

松太郎は今にも泣きそうな顔をしていた。

「くだらねえ。そんなことを言われるぐらいだったら、勝次郎の仲間を抜ければいいじゃねえか」

「……」

「そんなにあいつらがいいのか」

「ええ、あのひとたちだけがあっしを認めてくれたんです」

松太郎は答える。

「お前は何もわかっちゃいねえ」

辰吉が叱った。松太郎は押し黙った。

ふたりはさっき女が並んでいた付近に戻った。

辺りを見渡していると、

「辰吉さん」

おりさの声が聞こえた。

その声の方に顔を振り向くと、おりさと一緒にさっき巾着を盗《と》られた女と連れの女中らしい女がいた。

「急に駆け出していくから心配したじゃない。でも、すぐにひったくりを追いかけたってわかったわ」

おりさが笑顔で答える。

「そうだったのか、すまねえ」

辰吉は謝ってから、

「松太郎！」

と、横目で睨んだ。

松太郎は俯《うつむ》きながらも、「すみません」と小声で謝りながら巾着を女に返した。

横にいる女中は嫌悪の表情をしている。

「あの、こいつを許してやってくれませんか？　根は悪い奴じゃないんです。そそのかされてやっただけなんです。どうかお願いです」

辰吉が深々と頭を下げて言うと、女中が何か言う前に、

「わかりました」

女が頷いた。

「ありがとうございます」

辰吉が礼を言うと、隣で松太郎は頭を下げていた。女は女中と共に足早にその場を立ち去った。その間、ずっと松太郎は顔を上げなかった。

「いつまでも、こんなこと続けるんじゃねえぞ」

辰吉は注意して、松太郎を帰した。

「辰吉さん」

松太郎が何か言いたげだった。

「なんだ？」

辰吉はきき返した。

「ありがとうございます」

松太郎は少しすっきりしたような表情で走って行った。

これで改心してくれるといいと思ったが、この場限りかもしれないと心配になった。

ふと、参拝の列を見ると、さっきより増えていた。

「また並ばなきゃならねえな。すまねえ、おりささん」

辰吉は謝った。

「いや、いいのよ。それに、惚《ほ》れぼれしたわ」

おりさが少し照れ臭そうに言った。

「え？」

「さあ、並びましょう」

おりさが辰吉の袖を引っ張って、列の一番後ろに回った。

その夜はずっと、胸の高鳴りが止《や》むことはなかった。


翌日の昼過ぎ、辰吉は蛤町の徳善寺へ行った。おりさはもう調べなくてもいいと言っていたが、辰吉は気になっていた。

徳善寺の山門をくぐり、本堂の裏にある墓地へと向かう。

水を入れた桶《おけ》を持って歩く七十過ぎの隠居風の男とすれ違った。この間もいた隠居であった。

「今日も墓参りかい」

隠居が立ち止まってきいた。

「いえ、違うんです。ちょっと、調べていることがありまして」

「調べていること？」

「あっしは通油町の忠次親分の手下で辰吉と申します。墓参りに来ていた十七、八の娘と額に傷があって浅黒い肌の三十代半ばの男のことで、何かご存知ありませんか」

辰吉はきいた。

「ああ、その人たちなら知っているよ」

隠居は、あっさり答えた。

「えっ、本当ですか」

「わしの妻の墓の近くで手を合わせていた。娘は毎年同じ頃に来ているよ。おそらく家族の誰かの命日なんだろう」

「一緒にいた男は初めて見たんですか」

「そうだ。だが、去年は別の男と一緒だった」

「どんな男のひとですか」

「小柄で、なかなか整った顔の男だ」

「今年はその男はいなかったんですか」

「ああ。ただその男も毎年見かけるんだ。去年まで娘と一緒ではなかったが」

「この間会ったときに、娘の身に何かあったことは知りませんか」

「いや、何かあったのか」

隠居が逆にきいてきた。

「まあ、大したことじゃないんです」

辰吉は誤魔化して、

「その墓を教えてください」

と、頼んだ。

「付いてきなさい」

隠居はそう言って、歩き出した。

墓まで向かう途中に隠居の身の上話を聞かされた。三年前に妻を失《な》くして、それから家が近所だということもあり、毎日墓参りに来ているという。

「ここだよ」

隠居が小さな舟形の墓石を指した。

「ありがとうございます」

辰吉が礼を言うと、隠居は去って行った。

墓石の後ろを見てみると、小千代という名前が彫ってあった。命日は今から十五年前の七月朔日《ついたち》だ。

辰吉は墓から離れ、寺務所へ行った。

そこにいた若い僧侶《そうりょ》に、

「通油町の岡っ引き忠次親分の手下の辰吉といいます。ちょっと、過去帳で調べて頂きたいのですけど」

と、きいた。

「どんなことでしょうか」

「ええ、十五年前の七月朔日に死んだ小千代という女のことで」

辰吉は説明した。

「わかりました。ちょっと待っていてください」

若い僧侶はしばらくしてから過去帳を片手に戻ってきた。

「この人ですかね」

若い僧侶が過去帳を開いて指した。

霊巌島四日市町、太郎兵衛店《たろべえだな》、小千代と書いてある。

「ありがとうございます」

辰吉は礼を言って、霊巌島四日市町へと向かった。

霊巌島四日市町の自身番に顔を出すと、四十過ぎの田舎《いなか》臭い顔の男がいた。忠次の

手下の辰吉だと身元を明かしてから、

「十五年以上前のことですが、太郎兵衛店に小千代という女はいませんでしたか」

と、きいた。

「小千代さんはもう十五年ほど前に亡くなりました」

男はそう教えてくれたが、

「それより、忠次親分の手下の辰吉さんと言いました？」

と、確かめるようにきいた。

「ええ、そうですが」

「忠次親分っていうのは、辰五郎親分の元にいた」

「ええ、よく知っていますね」

「ということは、辰吉さんは辰五郎親分のご子息では？」

「はい、そうですが」

辰吉は男がなぜそこまで考えるのだろうと不思議に思った。

「そうでしたか。この間辰五郎親分がここに来たんですよ」

「えっ、親父が？」

辰吉は驚いた。

「そうなんです。辰五郎親分も小千代さんのことで」

「本当ですか」

辰吉は思わずきき返した。

どうして、親父が小千代のことを調べているのだろう。

「親父はどんなことをきいていましたか」

辰吉は後で親父にきけばわかることだが、一応訊ねてみた。

「二回来たんです。一回目は小千代さんのことでした。どんな人だったかということをきいていましたね。で、二回目は石助のことです」

「石助？」

「十七年前に新川大神宮の境内《けいだい》で殺しがあったんです。その疑いで捕まった男です」

「十七年前……」

辰吉が呟いた。

辰五郎はおそらくこのことを調べているのだと思った。

「それで、小千代というのは、どんな方なんですか」

「まあ、いい女でしたが、少し素行の悪い女でしたね。美人局《つつもたせ》をしているって噂《うわさ》もありましたが、私にはそれが本当かどうかわかりません。というのも、小千代さんにそんな悪い感じを受けなかったんです。特に娘さんが生まれてからは」

男は懐かしむように言った。

「娘がいたんですか」

「ええ」

「いつ生まれたんですか」

「小千代さんが死ぬ一年前くらいですかね」

男は答えた。

すると、いまその娘は十七くらいになる。おりさもそのくらいの年齢だ。

「小千代が亡くなってから、娘はどうしたんですか」

「たしか染井村に住む親戚《しんせき》が引き取って行きましたよ」

男は教えてくれた。

「さっき言っていた石助と小千代というのは何か関係があるんですか」

辰吉がきいた。

「いえ、ないと思いますが……」

男は少し自信なさそうに答えた。

「そうですか。ありがとうございます」

辰吉は自身番を離れて、大富町の『日野屋』に急いだ。

『日野屋』の勝手口から中に入り、居間に向かった。店の間からは、辰五郎と客が話す声が聞こえてくる。

居間に行くと、凜が三味線を弾いていた。

「あら、兄さん。また小鈴師匠《ししょう》の用？」

凜がきいた。

「いや、違う。親父に話があるんだ」

「それより、師匠から聞いたんだけど」

凜がいたずらっぽい顔を向けてきた。

「何をだ」

「おりささんっていう人と良い仲なんだって？」

「なんだ出し抜けに」

「お師匠さんが言っていたもの。すごく仲が良いって」

「いや……」

「隠さなくてもいいじゃない」

「別に隠すつもりはねえよ」

「おりささんって、どんな人なの？　馴《な》れ初《そ》めは？」

凛が矢継ぎ早にきいてきた。

「別に」

辰吉は少し恥ずかしさもあって、素っ気ない返事をした。

「七夕《たなばた》も一緒に過ごしていたみたいだし、四万六千日に浅草寺へ一緒にお詣りに行ったんでしょう？」

「そんなことお前に答える筋合いはない」

辰吉がそう答えると、辰五郎が居間に戻ってきた。

「やっぱり、帰って来ていたのか。お前の声がしたから、もしかしてと思ったんだ」

辰五郎が嬉《うれ》しそうに話しかけてきた。

「店の方は大丈夫なのか」

辰吉がきいた。

「ああ、もう客は帰った」

辰五郎はそう言って、腰の煙管入れに手を掛けた。筒から銀煙管を抜くと、莨《たばこ》を詰めて、火を付けた。

辰吉は辰五郎の前に腰を下ろして、

「ちょっとききたいことがあるんだ」

と、改まった口調で言った。

「なんだ？」

辰五郎は煙を口から漏らすように吐いた。

「さっき、四日市町に行ってきたんだ。そしたら、親父も以前に来たって」

「ちょっと、調べ事をしていたんだ」

「小千代のことだろう」

辰吉が即座に口を出した。

「そうだ。なんでお前がそんなことを知っているんだ？　もしかしたら、お前も小千代のことを？」

「実はおりさという十七、八の娘と知り合ったんだが、その娘が何かの拍子に自分の名前から住まい、何から何まで忘れちまったそうなんだ。それで、その娘がどこの誰だか調べていたんだ。そしたら、毎年おりさが小千代の墓参りをしていることがわかった。おりさは小千代の娘だと思う」

と、おりさの説明をした。

近くにいた凜が「おりさ」という名前を聞くと、クスッと笑った。

「何が可笑《おか》しい」

辰吉は凜についむきになって言った。

「で、おりさっていうのは？」

辰五郎が銀煙管を膝の横に置き、興味深そうに前のめりになってきいた。

「調べていくと、今年は与三郎っていう男と一緒に蛤町の徳善寺という寺に墓参りに来て、何があったかわからないんだが、おりさが与三郎から逃げ出した」

「与三郎って誰なんだ」

「わからないから、調べているんだ」

「小千代のことや、おりさのことで、他に何かわかったことはあるのか」

「いや、まだ何も」

辰吉は首を横に振った。

「俺はおりさの父親じゃねえかと思われる男について調べていたんだ」

今度は、辰五郎が切り出した。

「おりさの父親って？」

辰吉がきく。

「おそらく、松之助という男だ」

「松之助？」

「昔、観音組と言って、若気の至りで暴れまわっていた奴らのひとりだ。今で言う、薬研堀の勝次郎とかそんなような感じだ」

辰五郎はひと呼吸おいてから、続けた。

「松之助っていう奴のことはそこまで知らなかったが、ある時俺を訪ねて来た。だが、結局は何も告げずに帰って行った。それから、松之助は姿をくらましたんだ。ちょうどその頃、四日市町の新川大神宮で殺しがあった。近所に住んでいた石助という男が繁蔵に捕まって島送りになって、半年前、恩赦で江戸に戻ってきたんだ。この殺しのことで松之助が関《かか》わっているんじゃないかと思っている」

「関わっているっていうのは、石助と松之助が一緒に殺したんじゃないかって？」

「いや、石助は殺していないと」

さっき自身番の男も同じことを言っていた。

「じゃあ、殺したのは……」

辰吉は、はっとした。

「まだわからないが、石助が殺したとは思えない。もしかしたら、松之助が真の下手人ではないかということも頭に入れているんだが……」

辰五郎の顔が曇った。

「何か引っかかるのか」

辰吉がきいた。

「いや、その時に殺されたのは滝三郎っていう観音組にいた男の母親なんだ。で、松之助は滝三郎の仲間なんだ。仲間の母親を殺すかと思ってな」

辰五郎は思案気に答えた。

「でも、母親っていうことを知っていたんだろうか」

「たしかにな。親のことは知らなかったかもしれないな」

松之助が真の下手人なのだろうか。もし、おりさが松之助の娘だとしたら……。

「おりさは昔のことをまだ思い出せないのか」

「まだだ」

「そのことを話せば、思い出すきっかけになるかもしれない」

辰五郎が言った。

「でも、まだ与三郎のことがわかっていないんだ。伝えるのは全《すべ》てわかってからにしようと思う」

辰吉は答えた。

「おりさは毎年、小千代の命日に墓参りしているのか」

「そうだ。ただ、いつも誰か別の男もやって来て、去年はそこで会っていたらしい」

「そいつは、どんな男だ」

「小柄で、顔の整った奴だと言っていた」

「なに、小柄で顔の整った男？　もしかして……」

辰五郎が目を大きく見開いた。

「どうしたんだ」

辰吉はきいた。

「そいつが松之助かもしれねえ」

辰五郎は低い声で言った。

すると、おりさと松之助は毎年小千代の墓参りに来ていたということになる。おりさは小千代が死んでから親戚に預けられたと言っていたが、松之助に預けられたのだろうか。ただ、一緒に暮らしているとなれば、松之助とわざわざ墓で待ち合わせる必要がない。

「それより、もし石助が殺《や》っていないとすれば、松之助に恨みを持っているはずだ」

辰五郎が突然、言い出した。

「石助っていうのはどんな男なんだ」

「耳が聞こえないが、働き者で、真面目だと周りからの評判はよかった。だけど、繁蔵の話によると、実は違ったようだ」

「違うっていうのは？」

「石助は弱者を装っていた。本当は耳が聞こえるし、悪党じゃないか。他人の借金を背負ったといっているが、自分が賭場で拵《こしら》えたものらしい。さらに、娘を犯したり、気の弱そうな奴から強請《ゆすり》をしたりと本当に酷い奴だったみたいなんだ。執着も激しくて、やられたら何倍にしてもやり返すそうだ」

「でも、それは繁蔵親分が言っているだけだろう？」

「いや、先代の赤塚の旦那が覚書に、石助はもしかしたら世間で思われているような人じゃないかもしれないと書いているんだ」

「じゃあ、繁蔵親分の言っていることもあながち間違っていないのか」

辰吉は頷き、

「すると、石助は繁蔵親分にも恨みを持っているんじゃないか」

と、少し考えてから言った。

「それもそうだ。あっ……」

辰五郎が何か閃《ひらめ》いたように目を大きく開けた。

「どうしたんだ」

「繁蔵が怪我《けが》をしているだろう」

「ああ」

「あいつは誰かに襲われたんだ」

「まあ、町には繁蔵親分に反感を持っているひとは沢山いるからな。いや、そういうことか」

辰吉も辰五郎の言いたいことに気づいて、声を上げた。

「その襲った相手っていうのは、石助だと？」

辰吉は確かめた。

「そういうことは十分に考えられるだろう。石助は繁蔵を殺そうとしたが、急所を外してしまった。すぐに圭太がやって来たので、逃げたんだ」

辰五郎は推測した。

「じゃあ、また繁蔵親分を狙うことも考えられるってわけか」

辰吉が呟いた。

「そうだ。それに、もうひとり狙っている奴がいるだろう」

「松之助だな」

辰吉が言った。

「石助が松之助が下手人だと、どうして知ったかはわからないが、松之助に復讐《ふくしゅう》しようとしているんじゃないか。で、松之助の行方《ゆくえ》を捜すために、おりさに辿《たど》り着いた。おりさを利用して松之助を探そうとしたんじゃないか」

辰五郎は順序だてて話した。

「待てよ。すると、おりさと一緒にいた与三郎っていう男は石助だ」

辰吉は声をあげた。

それから、考え込んだ。

おりさが去年墓で会った男が松之助だとしたら、与三郎と名乗った石助はそれをおりさから聞いたのかもしれない。そして、おりさを使って、松之助に近づき、その場で復讐を果たそうとしたのだろうか。おりさはそのことに気づいて、墓から逃げ出したんだ。

「親父、なんか一連のことが見えてきた気がする」

辰吉は興奮を鎮めるように庭に目を遣った。

開け放たれた障子《しょうじ》から、萩《はぎ》の花が色鮮やかに咲いているのが、辰吉の目に映った。

第四章　辰吉の恋

一

　盆が過ぎた宵《よい》の事だった。

　辰吉とおりさは堀江町入濠《ほりえちようじりぼり》の多葉粉河岸《たばこがし》沿いを歩き、また田所町に引き返す途中だった。半刻《はんとき》（一時間）近くこうして歩きながら他愛《たわい》のない話をしている。

　川端にしゃがみこむふたつの影があった。

　行き過ぎてから、

「あのふたり、訳がありそうね」

　と、おりさが振り返って言った。

「まあ、他人様《ひとさま》のことなんか気にするな」

「そうね。もうお盆も終わりね」

「そうだな。昨日送り火を焚《た》いたよ」

「おっ母《か》さんが亡くなってどのくらい経《た》つの？」

「八年になるかな」

「家を出ていたって言っていたけど？」

「一時期、親父《おやじ》と揉《も》めていて、実家に帰らなかったときがあった」

「そう、辰吉さんの親はどんなひとなのかしら」

「親父は皆から慕われている名親分だ。おっ母さんは親父を陰で支えるような優しい人だった」

辰吉は目を細めて言った。

そんな話をしていると、田所町の『川萬』に戻ってきた。

店の裏口の前で別れ際に、「また明日も会えるわね」と、おりさが名残惜しそうに言った。

「もちろんだ」

辰吉は意気揚々と答えた。

「じゃあ辰吉さん、また明日ね」

おりさが笑顔で手を振って、裏口から入って行った。

辰吉は真っすぐ長屋に帰るのも勿体《もったい》ない気がした。このままおりさへの思いに浸りたいと思った。

雨が降っているといっても、大したことはない。むしろ、少しくらい冷たいものを肌に感じる方が心地よい。

もう一度、さっきおりさと歩いた多葉粉河岸に戻り、鼻歌混じりに歩いていた。

おりさの笑顔が頭から離れなかった。この間、四万六千日《しまんろくせんにち》に浅草寺へ行った時に、「惚《ほ》れぼれしたわ」と言われたことを思い出す度に思わず顔がにやけた。

親父橋《おやじばし》を過ぎると、かつお河岸という名前に変わる。橋の手前を右に折れた。

その時、勢いよく誰《だれ》かがぶつかってきて、辰吉はよろけた。

「痛ってえな」

辰吉が思わず声を漏らすと、

「すみません」

若い男の声がして、そのまま逃げていった。

「待て」

辰吉は追いかけた。さっきの声に聞き覚えがあった。

「松太郎だろう？」

橋の手前で捕まえて、声を掛けた。

「えっ」

松太郎は立ち止まって、顔を向けた。

「辰吉だ」

「あっ、辰吉さん。すみません、放してください」

松太郎が焦って言う。

「誰かに追われているのか」

「勝次郎兄貴の子分たちです」

その時、遠くの方からこっちに向かって走ってくる足音が聞こえてきた。「どこへ行きやがった」という声もした。

「また今度」

松太郎が走り去ろうとしたのを、辰吉が止めた。

「逃げなくてもいい。俺《おれ》がいるから平気だ」

「でも、あの人たちは乱暴者ですよ」

「俺には歯向かって来ないだろう」

辰吉は、自信を持って言った。

ふたつの人影が辰吉と松太郎の元に近づく。辰吉は松太郎を背後に回らせた。

「そいつを寄越《よこ》せ」

ひとりが叫んだ。

「てめえら、勝次郎の子分だってな」

辰吉が言い放つ。

「何だ、おめえは」

もうひとりが舌打ち混じりに言い返した。

「通油町の忠次親分の手下で辰吉ってもんだ」

辰吉が名乗ると、相手は何も言い返さなかった。宵闇《よいやみ》の中でふたりは顔を見合わせているのが見える。

「忠次親分の世話になりたくなければ、大人しく帰りな」

辰吉がきつい口調で言って、身構えていると、男たちはぶつぶつ言いながら引き返した。

「何があったんだ」

辰吉は振り返ってきいた。

「まだあの人たちが近くにいるかもしれません」

松太郎が小声で言った。

「そんなことはねえ。まあ、俺の長屋に行こう」

「はい」

「すぐ近くだ」

ふたりは肩を並べて歩き出した。松太郎は何度も振り返っていた。

長屋に着いて、行灯《あんどん》を点《とも》した。辰吉は松太郎を部屋に上がらせて、ふたりは向かい合って座った。

「ここなら、落ち着いて話せるだろう?」

辰吉がきくと、

「はい」

松太郎が頷《うなず》いた。

ここまで来る途中にも、一応尾《つ》けられていないか確かめてみたが、怪しい人影はなかった。

「あの者たちは勝次郎に言われて、お前を追っているのか」

辰吉はさっきの連中のことを思い出して、確かめた。

「ええ。実は辰吉さんや忠次親分にも言われたように、あのまま勝次郎兄貴たちと一緒につるんでいるのはよくないって思ったんです。だから、そのことを勝次郎兄貴に話したら……」

松太郎は眉間《みけん》に皺《しわ》を寄せて言った。

「どうして、勝次郎は執拗《しつよう》にお前を構うんだ？」

「多分、あのことを知っているからだと思うんですが……」

「あのことって？」

「いや……」

松太郎は答えを渋った。

「なんだ？」

「言うことが出来ないんです」

「おい、ここまで話して、答えねえっていうのはないぜ」

「そうなんですが……」

「勝次郎が恐《こわ》いのか」

辰吉は松太郎を覗《のぞ》き込むようにしてきいた。

「このことをばらしたら只《ただ》じゃおかないって……」

「でも、お前は半分喋《しゃべ》ったようなものだ。それに、あいつらと縁を切りたいと思うなら、全《すべ》て話すんだ」

「さあ、そうですが」

「さあ、教えてくれ。何か悪だくみをしようってんだろう」

辰吉が決めつけた。

「いえ、悪だくみというよりかは……」

少し間があった。

「言ってみろ」

辰吉が促した。

「勝次郎兄貴たちは繁蔵親分に脅されて……」

松太郎は声を潜めた。

「何で脅されたんだ？」

「この間、あっしと一緒にさっきのふたりが繁蔵親分の手下を痛めつけて、そのことで繁蔵親分が乗り込んで来たんです。その時に、そのことは見逃すからある男を狙《ねら》えと言われたんです」

「ある男って？」

「あっしもわからねえんですが、年は三十代半ばくらいで、肌が浅黒くて、額に傷がある男だと勝次郎兄貴は言っていました」

松太郎が思い出すように言った。

辰吉はその特徴をきいて、はっとした。

「おい、三十代半ばで、浅黒い、額に傷がある男だと？」

辰吉は繰り返した。

「ええ、そうです」

松太郎が頷く。

その男は、与三郎、いや、石助に違いない。

滝三郎の母親が殺された件で、繁蔵は石助を下手人ではないのにもかかわらず捕まえた。石助は無実なのに島送りになったことに恨みを持って復讐《ふくしゅう》をしようとしているのではないか。狙いは繁蔵と松之助か。だが、それにしても、なぜ石助は松之助が真の下手人だとわかったのだろうか。まさか、繁蔵が石助に打ち明けたとは考えられない。

繁蔵が石助に再び狙われるのを恐れているにしても、わざわざ勝次郎のような者に頼む必要はない。勝次郎に頼むのは、表沙汰《おもてざた》にしたくないからだ。だとすると、繁蔵は自分が誤った判断で捕まえたことがばれるのを危惧《きぐ》しているのだろうか。

ふと、辰五郎の、繁蔵は人を思いやる気持ちがあるという言葉を思い出した。だが、やはり繁蔵は相変わらず汚いやり方をするのだ。親父は一体、繁蔵の何を見て、そんなことを言い出したのだと不思議で仕方ない。

ともかく、石助はいま勝次郎たちに狙われているのだ。

「それで、勝次郎はもう石助を見つけたのか」

辰吉はきいた。

「いえ、まだです。一度、見つけたそうなんですが、逃げられてしまったようで」

「どこで見つけたんだ」

「箱崎町にいたそうです」

「なに？　箱崎町？」

繁蔵は箱崎町に住んでいる。やはり、石助はまだ繁蔵を襲うつもりなのだろう。

勝次郎たちに話をきけばわかるか。しかし、勝次郎が正直に話をしてくれるとは思えない。

「それより、お前」

辰吉が改まった声で、松太郎に言った。

「いつもどこに寝泊まりしているんだ？　駒形町の家には帰っていねえらしいな」

「勝次郎兄貴たちのところです」

「薬研堀か」

「そうです」

「他の子分たちもそこに住んでいるのか」

「いえ、あっしのような家出した奴《やつ》らだけです」

「もうそこには帰れねえだろう」

「はい」

「今日はちゃんと家に帰りな」

「いえ、辰吉さん。ここに泊まらせてください」

松太郎が頼んだ。

「なんでだ」

「家に帰れないんです」

「帰れねえって？」

「もう手遅れですよ。この間、家を出るときに、今度勝手な真似《まね》をしたら勘当だって言われちまって」

「そんなの口先だけだ。ちゃんと、帰って話し合った方がいい」

「でも……」

「お前の親なら許してくれるはずだ」

辰吉は説得した。しかし、松太郎は首を横に振るだけであった。

「あっしは今夜行く当てもないんです。もし、ここを出たら、またあの人たちに襲われるってことも」

松太郎は今にも泣き出しそうな顔をしている。

「しょうがねえな。じゃあ、今晩だけだぞ」

辰吉は泊まらせてやることにした。明日の朝、また実家に帰ることを勧めてみよう。それでも帰らないというようであれば、無理やりにでも連れて行こうと決めた。


翌朝、辰吉は松太郎の苦しそうな寝言で起きた。

まだ空が薄暗く、日が出てきたばかりのようだ。

辰吉は松太郎に夜具を貸していたので、自分は畳の上に直《じか》に寝た。松太郎は初めは申し訳ないから夜具を借りることは出来ないと言っていたが、辰吉が何度かそうしろと言うと礼を言って、夜具の上に横たわった。

「おい、起きねえ」

辰吉は松太郎の体を揺さぶった。

「あっ」

松太郎は声を上げて目を覚ました。よほど恐かったのか、汗ばんでいた。

「何か悪い夢でも見たのか」

辰吉がきいた。

「勝次郎兄貴たちに追われる夢を」

松太郎はため息をついて言った。

辰吉は甕《かめ》から水を汲《く》んで、松太郎に差し出した。松太郎は一気に飲み干した。

「まだ飲むか」

「いえ、結構です」

松太郎は頭を下げた。

「そういや、昨日きいていなかったことを思い出した。どうして、勝次郎たちとつるむのをやめようと思ったんだ」

辰吉がきく。

「色々考えることがあったのですが、辰吉さんのお陰です」

「俺のお陰だと？」

「はい、勝次郎兄貴たちだけがあっしのことを考えてくれると思っていたんですけど、辰吉さんも忠次親分もあっしを叱《しか》ってくれて。後で考えてみると、ありがてえなと思ったんです。それに、浅草寺でひったくりをした時に、辰吉さんに捕まったじゃないですか。あの時に、あっしのことを本当に気にかけてくれているんだなと感じたんです。勝次郎兄貴は遊びに連れて行ってくれたり、色々と教えてくれましたが、あっしのことをそこまで真剣に考えてくれていなかったように、今は思います」

松太郎がしみじみと語った。

「お前の親はもっと考えてくれているはずだ」

「いえ、それはないですよ」

「松太郎、お前のお父《と》つあんがどうしてそんなに口うるさく言うかわかるか」

辰吉は改まった声で言った。

「あっしを憎くて……」

「違う」

「また、あっしの為《ため》だとでも言いたいんですか？」

「そうじゃねえ。お前のお父つあんは若い頃《ころ》、お前のように町内の札付きとして有名だったそうだ」

「えっ、あの親父が？」

「そうだ」

辰吉は頷く。

「まさか……」

松太郎は信じられないという顔をしている。

「観音組と言ってな、並木町の『大川屋』の旦那《だんな》も一緒に悪さをしていたそうだ」

「『大川屋』の旦那も？」

「ある時、旦那のおっ母さんが殺されたんだ。それをきっかけに、皆、真面目《まじめ》に働くようになったみたいだ。旦那のおっ母さんは徳善寺の子育て地蔵に、息子が悪さをやめて、商売に精を出しますようにと、毎日お詣《まい》りに行っていたんだ。その帰り道に物《もの》盗《と》りに襲われて、命を落とした。だから、おっ母さんが殺されたのは自分のせいじゃないかってずっと後悔している」

辰吉は静かに語った。

松太郎は真剣な目で考え込んでいた。

「お前がそれでも、帰りたくないって言うなら無理は言わねえ。勝手にしやがれ」

辰吉はあえて突き放した。

「辰吉さん、親父と会ってみます」

松太郎が言った。

「そうか。じゃあ、後で一緒に行こう」

「いえ、あっしひとりで帰れますよ」

「でも、またあいつらに襲われかねないぞ」

「昼間なんで、大丈夫だと思います。それに、また追いかけられたら、この長屋に逃げてきます」

松太郎が冗談めかして言った。

「ったく、どこまで甘ったれるんだ」

辰吉は笑って返した。

どことなく、今まで突っ張っていた松太郎の表情が、柔らかくなっていた。

二

水のように澄んだ空に、眩《まぶ》しいほど晴れ上がった昼下がり。道行く人の顔は誰も明るく見える。だが、辰五郎は重たい気持ちで並木町の『大川屋』へ赴いた。

何の証《あかし》もないが、松之助が真の下手人で、石助は無実なのに捕らえられたということは間違いないと思う。松之助は滝三郎の仲間であった。このことを伝えるのに、気が重かった。だが、言わなければならないと感じていた。

店の間に顔を出した。客は誰もいなく、ただ番頭がそろばんを弾《はじ》いていた。辰五郎が来たことに気が付かないようだ。

辰五郎は声を掛けずに待った。

やがて、番頭が顔を上げた。

「あっ、親分。いらっしゃってたんですか」

番頭が申し訳なさそうに頭を下げる。

「いや、いいんだ。邪魔は出来ねえ。それより、滝三郎はいるかい」

「いまちょっと出ておりますが、直に帰ってくると思います。よかったら、上がって待っていてください」

辰五郎は裏庭が見渡せる客間に通された。庭には、桔梗《ききょう》や撫子《なでしこ》が色鮮やかに咲いていた。

そこで、しばらく待った。

その間も、今回の一連のことに思いを馳《は》せた。毎年、松之助は小千代の墓参りに来ているというのに、なぜ今年は現れなかったのであろうか。松之助は石助が恩赦で島から帰ってきたことは知っているのであろうか。もしそうだとしたら、復讐を恐れて墓参りに来なかったことも考えられるのではないか。石助はどうして、松之助が真の下手人だと知ったのだろうか。

そんなことを考えていると、やがて襖《ふすま》が開いた。

「辰五郎親分、お待たせしてすみません」

滝三郎が入って来て、辰五郎の前に腰を下ろした。

「お前の母親が殺された件でわかったことがあるんだ。真の下手人は別にいた」

辰五郎は重たい口を開いた。

「真の下手人？　石助が殺したんじゃ……」

「いや、違う。母親を殺したのは、どうやら石助ではなかった」

「えっ、どういうことですか」

滝三郎が目を大きく見開いて、きいた。

「松之助だ」

辰五郎は低い声で伝えた。

「松之助？」

滝三郎が驚いたようにきき返す。

「松之助が俺のところにやって来たのも、そのことを伝えるためだ」

「でも、松之助は私の仲間でした。まさか、あいつが母を殺すなんて……」

「お前さんの母親と知らないで殺したんだろう。殺すことが狙いではなかったのかもしれない。松之助は金が欲しかったんだ」

辰五郎は言った。

滝三郎は言葉が出てこないようだ。辰五郎はさらに続けた。

「松之助と霊巌島の女の間に娘がいる。ちょうど、あの事件があった頃は、お腹《なか》の中にいたころだ。松之助はそのことで金が入り用になったんじゃないかと思う」

「相談してくれれば、金の工面は出来ましたのに」

滝三郎はどこか一点を見つめて、複雑な表情で言った。

「その小千代という女とのことはお前さんや、松蔵から反対されていた。だから、言いにくかったのだろう」

「そうですか。松之助が……」

もう一度その名前を呟《つぶや》いて、複雑な表情をした。

「それに、松之助は繁蔵に自分が殺したということを打ち明けに行ったようだ。だが、繁蔵はどういうわけか松之助を逃がした」

「誤って捕まえたということを認めたくないのでしょう」

「それもあるかもしれないが……」

辰五郎は後に続く言葉を呑《の》みこんだ。繁蔵が松之助を逃がしたのは、それだけではないような気がする。しかし、滝三郎にはまだ言わないでおこうと思った。

滝三郎の気持ちを汲むのは難しかった。

冷静を装っているが、内心、煮えたぎる思いがあるかもしれない。石助の顔を見たら復讐するかもしれないと言ったくらいだ。松之助にだって、そのくらいのことをすることは考えられる。

「いま松之助はどうしているか知っていますか」

滝三郎がきいた。

「俺も探しているところだ。もしかしたら、お前の母親を殺したことで、顔向けが出来ずに、江戸を離れたのかもしれない。毎年、小千代の墓参りに来ていたが、今年は現れていない」

「そうですか。でも、毎年現れているんですね」

滝三郎は呟くように言った。

「松之助と会ったら、どうする?」

辰五郎はきいた。

「わかりません」

「石助と同じように復讐をしたいと思うか」

「いま頭が混乱して、何も考えられません」

「こんな話をしてすまなかった。だが、真実を話さないでいるのもよくねえと思ったんだ」

「ありがとうございます。親分にもこんな言いにくいことを言わせてしまって……」

「ともかく、今日はこれくらいだ。また何かわかったら来るから」

辰五郎はそう言い残して、『大川屋』を去った。

辰五郎が大富町の『日野屋』に帰ると、居間に辰吉がいた。

「親父、松太郎のことで」

辰吉が言いかけた。

「松太郎が何かやらかしたか」

辰五郎は辰吉の前に座った。

「いや、そうじゃねえ。家に帰って、父親と話し合うって言っていたんだ」

「本当か？」

「ああ」

「お前が何か言ったからだな？」

辰五郎が見透かしたように言う。

「まあ、そんなところかな」

と辰吉は言って、昨晩あったことをつぶさに語った。

「よくやったな」

辰五郎は、にこやかに褒《ほ》めた。

「多分、今頃話し合っていると思う。『駒水』の旦那が勘当すると言っていたみたいで、そのことが気掛かりだ。松太郎には口先だけだと言ったんだが」

「大丈夫だ。お前の言うように、松蔵に松太郎を勘当するつもりはねえ。もし、そんなつもりならあいつは俺に倅《せがれ》の相談事なんぞしねえだろう」

「じゃあ、大丈夫か」

辰吉は頷いて、

「話はそれだけじゃねえんだ」

と、言った。

「何だ？」

「繁蔵親分が薬研堀の勝次郎に石助を襲うように指示している」

「なに？」

「松太郎が言っていたんだ。勝次郎は繁蔵の手下の圭太を襲ったことを見逃す代わりに、そうしろと脅されているらしい。親父は繁蔵親分が人を思いやる気持ちがあるとか言っていたが、それはやっぱり間違いだ」

辰吉が、はっきりと言った。

「いや、そんなはずねえ」

辰五郎は首を傾《かし》げる。

「でなきゃ、勝次郎なんていう悪党を使って石助の口封じをするはずがねえ」

辰吉の声が大きくなった。

辰五郎は腕を組んで考え込んだ。

たしかに、繁蔵には人を思う気持ちがある。圭太がその良い例だ。石助のことを狙わせるのは、何か他の狙いがあるのではないか。

もし石助が実際に殺していなかったと言いまわったとしても、誰も信用はしないだろう。そうだとすると……。

辰五郎は繁蔵の気持ちになって考え出した。

「親父、繁蔵親分のことは赤塚の旦那に言った方がいいと思うんだ。忠次親分にもそう言ったんだが、俺に任せろと言っているだけで、本当に赤塚の旦那に告げるとは思えない」

辰吉は不満そうに言う。

「忠次に任せておけ」

「でも……」

「大丈夫だ。忠次を信じろ」

辰五郎は言い含めた。

辰吉はそれから帰って行った。

夕方になり、忠次が『日野屋』に現れた。

客間に通して、忠次と向かい合った。

「昼間に辰吉が来て、松太郎や石助や繁蔵のことを色々言っていた。それで、お前も来るだろうと思っていたんだ」

辰五郎は煙草盆《たばこぼん》を勧めた。忠次は軽く頭を下げてから、煙管《きせる》を取り出し、口に咥《くわ》えた。

「繁蔵のことで来たんだろう」

「ええ、そうなんです。赤塚の旦那にそのことを告げる前に、親分の意見を聞こうと思いまして」

忠次はひと呼吸おいてから、続けた。

「繁蔵親分は口封じのためだけに石助を狙っているわけではないでしょう」

忠次は難しい顔をして言った。

「よくそこに思いが行ったな」

「私は親分の下にずっと仕えていましたから、考えていることがわかるんです。でも、私も辰吉と同じで繁蔵親分のことは赤塚の旦那に言った方がいいと思うんです」

「忠次、その気持ちはわかる。だが、考えてみてくれ。繁蔵が勝次郎に頼むんだ。余程の事情があると思わないか」

「ええ、思います。その事情っていうのが、石助がまた何かやらかすからってわけですね」

「そうだ。石助はかなりの悪党だ。しかも、善人ぶっているから余計に質《たち》が悪い。そんな奴を野放しに出来ないんだろう」

「でも、辰五郎親分が繁蔵親分の立場だったら、違うことを考えるはずです」

「俺だったら？」

「ええ、考えてください。親分なら石助をどうしますか」

忠次が辰五郎の目をしっかりと見てきいた。

自分だったらどうするだろうかと考えた。

だが、答えが出てこなかった。

「とりあえず、赤塚の旦那には言わないでおきます。でも、いくら石助が根っからの悪党だからと言って、何もしていないのに潰《つぶ》しにかかるのは納得できません」

忠次は強い口調で言った。

その時、辰五郎の脳裏に違うことが思い浮かんだ。

繁蔵は石助が生来の悪党だから勝次郎に襲うように指示した。以前にも同じように考えたのではないだろうか。つまり、石助はあの殺しに関してはやっていなかったとしても、他に悪事は散々働いて来ている。石助は善人ぶって、周囲を騙《だま》してきた。繁蔵はそんな石助が許せなかった。だからこそ、あの殺しを石助が犯したことに仕立てあげた。そうすれば、石助を江戸から追放出来ると考えたのではないか。

辰五郎がしばらく考え事をしていたので、忠次が気になって声をかけた。

「親分？」

「すまねえ。繁蔵が石助を捕まえた理由がわかった気がする」

辰五郎が興奮気味に言った。

「本当ですか」

「ああ、いまのお前に言われた言葉をきいて、閃《ひらめ》いたんだ」

と、辰五郎はさっき考えたことを述べた。忠次は深く頷きながら聞いていた。

「それはあり得るかもしれませんね」

忠次の声も弾んだ。

「とりあえず、確かめてみなけりゃならねえ」

辰五郎が言う。

「確かめてみるって、誰にです？」

「繁蔵だ」

「繁蔵親分が、素直に話してくれるとも思えません」

「きっと、話させてみせる」

辰五郎は意気込んでいた。

三

その日の夜、辰五郎は箱崎町の繁蔵の家に行った。今日は片手に酒瓶《さかがめ》を持っている。ここに来る前に、遠回りだが、並木町『大川屋』に寄って買い入れた灘《なだ》の上等な酒だ。

滝三郎にも、なぜ繁蔵が石助を捕まえたのかを話した。だが、繁蔵がいま石助を狙っていることは話さないでいた。

土間で繁蔵の名を呼ぶと、いつものように、手下の圭太が出てきた。

何も言わなくても、

「すぐに」

と、繁蔵を呼びに行った。すぐに繁蔵が現れた。

「近頃、よく来るな」

繁蔵が訝《いぶか》しそうではあるが、今までとは少し違う表情を辰五郎に向けた。

「今日は一緒に呑もうと思って」

辰五郎は手に持っていた酒瓶を軽く持ち上げた。

「何か企んでいるのか」

「いや。今度呑もうって言っただろう」

「冗談のつもりだったんじゃねえのか」

「俺は本気だ」

辰五郎が言うと、繁蔵は呆《あき》れたように笑った。

「断る理由もねえだろう？」

「だがな……」

「いいじゃねえか。お前とは知り合って二十数年経つ。一度も差しで呑んだことがなかったな」

「お前は俺のことが嫌いだろう？」

「憎んでいた。だが、圭太から話を聞いて、少しは良い所があるって見直したんだ」

辰五郎は明るく言う。

繁蔵は何度か辰五郎の顔を見て、

「まあ、今日くれえはいいだろう」

と腹を括《くく》り、上がるように人差し指で指示した。

辰五郎は初めて繁蔵の家に上がる。繁蔵の後を付いて行き、廊下の突き当たりを曲がった八畳間の部屋に通された。

こざっぱりとした室内で、床の間には、菊の一輪挿しと、柿の木に小鳥が止まっている淡い色使いの掛け軸が飾られている。長火鉢には牡丹《ぼたん》の花が描かれており、箪笥《たんす》には満開に咲く桜が浮き彫りにされていた。以前、庭で萩《はぎ》の花をいじっていたことといい、意外な趣味であった。

ふたりは差し向かいに座った。

圭太が猪口《ちょこ》をふたつ持ってきた。その猪口も淡い薄紅色の小ぶりで上品な物だった。

辰五郎は繁蔵と、自分に酒をなみなみと注《つ》いだ。

ふたりは何も言わずに酒に口をつけた。

一口呑んでから、

「全部、お前の物か」

と、辰五郎は部屋の中のものを指してきいた。

「誰かから取り上げたものだってケチをつけてえのか」

繁蔵はからかうように答える。

「いや、随分女好みだなと思って」

「うるせえ。毎日、殺伐《さつばつ》とした暮らしを送っていると、花に癒《いや》しを求めるんだ」

繁蔵が目を細めて穏やかに言った。

こんな表情を見るのも初めてだ。

「俺たちには色々あったな」

辰五郎が懐かしむように言う。

「ああ、お前には散々邪魔をされた」

繁蔵が笑いながらなじった。

「それはこっちの科白《せりふ》だ」

辰五郎も負けずと言い返す。

もはや、昔いがみ合っていたことを忘れるように、ふたりは呑み明かした。昔は嫌だったこともこうして話しているうちに、いい思い出だったと思えてくる。

辰五郎が持って来た酒がなくなると、繁蔵が自分の酒があると言って、圭太に持ってこさせた。

互いに顔が赤らんで来た頃、

「お前は根っからの悪人が許せねえんだな」

と、辰五郎は呟いた。

「ああ」

繁蔵は短く答える。

「石助も相当悪だったんだろう？」

辰五郎は探るようにきく。

「あんな下劣な野郎はいねえ。弱者の振りをして世間の同情を買っているが本当は耳が聞こえるんだ。それに、娘を襲ったり、金を強請《ゆす》ったり……。そんなのを俺は許せねえ」

繁蔵は、ぐいと猪口に入っている酒を飲み干した。

「石助は新川大神宮の殺しで捕まらなかったとしても、いずれ人殺しをしていただろうな」

辰五郎は鎌《かま》をかけた。

「いや、あいつは抜け目がなくてそんなヘマはしねえ。あの時に捕まえてよかったんだ」

繁蔵は声を高めた。

「ん？　その言い方だと、あいつが下手人じゃないけど、捕まえてよかったように聞こえるが」

辰五郎が何の気もない風を装った。

すると、繁蔵の目つきが変わった。

「もしかして、お前は俺にそれを言わせるために来たのか」

繁蔵が重たい声で言った。

「それって？」

辰五郎は惚《とぼ》けた。いくら酔わせたからと言っても、繁蔵がこれくらいのことに気づくのは承知の上だ。

「いや、何でもねえ。石助が殺したことに違いねえからな」

繁蔵が念を押した。

「石助はいまどこで、どうしているのか知らねえのか」

辰吉はきいた。

「全く」

繁蔵が首を横に振る。

「お前は石助を探さねえのか」

「どうして、俺が探すんだ」

「だって、あいつがまた何かしでかすかもしれねえだろう」

辰五郎が酒を呑みながら言った。

「やっぱり、そのことで来たのか」

繁蔵の口調が変わり、虚《うつ》ろ気味だった目もしっかりとした。

辰五郎はひと息おいてから、繁蔵の目をじっと見て切り出した。

「なあ、繁蔵。お前さんを責めたいわけじゃねえ。ただ、勝次郎に石助を襲うように頼んだことを耳にしたんだ」

「それは……」

「待て、最後まで聞くんだ」

辰五郎が繁蔵の言葉に被《かぶ》せて遮った。

繁蔵は黙った。

「忠次もそのことを知っている。辰吉もだ。辰吉なんかは、このことを赤塚の旦那に伝えるべきだって言い張っているが、俺はそれには反対だ。お前さんは石助がまた何かしでかすと思っているから、それを防ごうとしているんだろう。違うか？」

「……」

繁蔵は曖昧《あいまい》に首を動かして、酒を口に含む。

「俺も岡《おか》っ引《び》きだったら、石助が何かする前にあいつを止めようとするだろう。でも、お前とはやり方は違うはずだ。ただ、目的は一緒だ。勝次郎なんかの悪党と組んで自らを危険に晒《さら》すより、他に方法があるだろう」

辰五郎は諭すように言った。

「それがねえんだ」

繁蔵は言葉を尖《とが》らせた。

「いや、お前さんならきっと何か思い浮かぶはずだ」

「……」

繁蔵は目を瞑《つぶ》った。

そして大きく息を吸って、ゆっくりと吐いた。

「とにかく、頼む。悪をやっつけるために、悪を使っちゃならねえ」

辰五郎は真剣に説得した。

その言葉が繁蔵の心に響いたのか、定かではない。だが、繁蔵は閉じていた目を開けて、「ひとつ貸しだ」と意味ありげに言った。

繁蔵なりの認め方なのだろう。

「じゃあ、頼むぞ」

辰五郎は託した。

「そういえば、『大川屋』の付近に笠《かさ》を被った行商人が現れていただろう」

繁蔵が改まって言った。

「あれは石助だ」

「なに、石助だと」

「石助は滝三郎の母親に情けをかけてもらったことがある。それで珍しく恩を感じていたんだ。だから線香でもあげたくて『大川屋』に行ったのかもしれねえ。だが、顔を出せなかったんだ」

どこかで犬の遠吠《とおぼ》えが聞こえる。月が夜空に浮かんでいた。辰五郎はこれでうまく収まればと思った。あとは、石助がどこにいるかだ。

四

二日後の朝、辰吉がいつものように忠次の部屋に顔を出した。辰吉に続くように、安太郎、福助、政吉ら兄貴分三人も続々とやって来た。手下たちは繁蔵が勝次郎を使って、石助を始末しようとしたことを知っている。皆、赤塚新左衛門にそのことを告げた方がいいと考えていた。

全員揃《そろ》ったところで、忠次が煙管《やに》を置いて口を開いた。

「昨日、繁蔵親分が勝次郎に石助を襲うのを止めるように言ったらしい」

「えっ、本当ですか」

辰吉が思わず声を上げた。他の手下たちも驚いたように大きく目を見開いた。

「ああ、辰五郎親分が説得してみせると言っていたが、繁蔵親分の気持ちを変えさせたとはさすがだ」

忠次は感心するように言った。

「じゃあ、本当に勝次郎たちが石助を襲うことはないんですね」

辰吉は確かめた。

実は口先だけの約束でないとも限らない。

「繁蔵親分を信じようじゃねえか」

忠次が真っすぐな目を向けた。

他の手下たちは「親分がそう言うなら」と承知した。辰吉は何も答えずに考えていた。今までの経緯《いきさつ》からして、繁蔵がまともなことをやった例《ため》しがない。辰五郎は繁蔵のことを見直したと言っていたが、辰吉からしたらあり得ない話だ。忠次まで珍しく繁蔵を信じようと言っている。

皆、繁蔵に騙されているのではないかと思った。

「辰吉、お前はどうだ」

忠次がきいた。

「あっしは、やっぱり納得できません」

辰吉はきっぱりと言った。

「おい、親分がそうしようって言っているんだ。ケチをつける馬鹿があるか」

隣にいた安太郎が叱った。

「いや、辰吉の言うことも聞いてみよう。お前はどうすればいいと思うんだ」

忠次が改めて、辰吉を見た。

「あっしは繁蔵親分を信用できません。赤塚の旦那に言うべきだと思いますが、皆さんがそこまで言うなら、旦那には言わなくても構いません。でも、繁蔵親分の言うことが正しいのか、ちゃんと確かめるべきです」

辰吉は忠次や兄貴分たちを見渡して言った。

「まあ、お前の言い分もわかる。でも、どうやって確かめるんだ？」

「勝次郎に会ってきます」

「勝次郎が本当のことを言うと思うか？ 初めからそんなことを頼まれていねえって言い出すだろう」

「じゃあ、あっしが勝次郎たちを尾けます。そうすれば、繁蔵親分が口先だけだったかわかります」

辰吉が強い口調で主張した。

忠次は一服してから、

「お前がそれで気が済むなら」

と、頷いた。

「とりあえず、今日報《しら》せておくことはこれだけだ」

忠次がひと呼吸おいてから、皆に告げた。

「じゃあ、さっそく」

辰吉は立ち上がろうとした。

「もう勝次郎を尾けに行くのか？」

「ええ」

「気を付けろ。何かあったら、ひとりで抱え込まず、俺たちを頼るんだぞ」

「はい」

辰吉は威勢よく答えて、『一柳』を出て行った。それから、松太郎に会うために駒形町の『駒水』に向かった。

着いたのは、昼四つ（午前十時）頃であった。

ここは参拝客も来るので、昼も店を開けており、夜よりも安い値段でそれなりの物を提供している。

『駒水』の戸を引いて、中に入った。

店内にはまだ客がおらず、奉公人たちが掃除をしていた。辰吉は近くにいた自分より年下と見える若い男の奉公人に声をかけた。

「松太郎はいるか」

「若旦那なら、いま仕込みをしていますけど」

「なに、もう仕事しているのか」

「ええ、昨日からやっていますよ」

「そうか。そんなに手間をかけねえからと言って、呼んできてもらえるか」

「ええ、わかりました」

「じゃあ、外で待っている」

辰吉は外に出て待った。

それほど経たないうちに、『駒水』の前掛けをした松太郎がやって来た。

「ちゃんと働いているようだな」

辰吉が安心するように言った。

「ええ、親父ともまあ何とか」

「そりゃ、よかった。それより、勝次郎たちのことを教えてくれないか」

辰吉は声を潜めて言った。

「教えるって何を？」

「この間、繁蔵親分に頼まれて、ある男を襲うって言っていただろう。その男をどうやって探しているのかが知りたいんだ」

辰吉は真剣な表情をした。

「箱崎町を張っているんです。繁蔵親分が必ず俺をまた襲ってくるから、と言っていたそうで。でも、なかなか現れなかったですね」

「そうか。他にその男のことで何か知っていることはあるか」

「いえ、特に……」

「わかった。ききたいことはそれだけだ。邪魔して悪かったな」

辰吉はそう言って、立ち去った。

それから、箱崎町に行ってみた。繁蔵に見つかると、何か文句を付けられるかもしれないから、慎重に動こうと心掛けた。

箱崎町を一刻《とき》（二時間）程かけて廻《まわ》ってみたが、石助や勝次郎たちの姿は見当たらなかった。

やはり、繁蔵は口先だけではなく、石助の件で、ちゃんと勝次郎たちと話を付けたのかもしれないと思った。


日が暮れる頃、辰吉は通油町に戻ろうとしたが、おりさの姿を見て行こうと『川萬』に向かった。

少し離れたところからでも、『川萬』の鰻《うなぎ》のタレのいい匂《にお》いが漂って、食欲を誘った。それに釣られるように、二人連れの武士が店に入って行った。

『川萬』に小太りの男が誰かを待つように立っている。どこかで見たような奴だ。しかし、思い出せなかった。

辰吉は通りすがりに、店の中を覗いた。

だが、おりさの姿はなかった。休憩をしているのかもしれない。また夜に会いに来ればいいと、辰吉はそのまま通油町の長屋に向かって歩き出した。

しばらく歩いて、新大坂町《しんおおさかちょう》の手前の角を左に曲がろうとした。

その時、背後の離れた場所から微《かす》かにおりさの声が聞こえた気がした。辰吉は思わず振り向いた。

おりさが店の前に立っていた男と何やら話している。遠くて表情が良く見えないが、ほほ笑んでいるようにも見える。ふたりは辰吉とは反対の方向に向かって歩き出した。

(あの男は何なんだ)

辰吉の胸が騒いだ。

おりさは自分と毎晩のように会っていながら、他の男ともいい感じの仲になっているのだろうか。それとも、おりさのことを口説こうとしている男だろうか。いずれにしても、おりさは嫌がりもせずに付いて行っている。

辰吉は急に心がせわしなくなり、踵《きびす》を返さずにはいられなかった。

ふたりは堀江町入濠の方面に歩き、和國橋《わこくばし》を渡った。辰吉は後を付ける。

そのまま真っすぐ、伊勢町濠に架かる中ノ橋を越えて右に折れ、伊勢町河岸を歩く。しばらく進み、道浄橋《どうじょうばし》の手前を左に曲がった。さらに道なりに行き、雲母橋《きららばし》の手前を横切り、瀬戸物町《せとものちょう》に入った。

ふたりは細い路地を進み、小さな神社の鳥居をくぐった。

福徳稲荷《ふくとくいなり》だ。別名芽吹《めぶき》神社とも言われている。

神社の脇《わき》に小屋がある。

小太りの男は戸を開けて、おりさを中に招きいれた。それから、男も中に入った。

すぐに小屋の中から鍵《かぎ》が掛かるような音がした。

(ここで何をするつもりだ)

辰吉の心の中は怒りや戸惑いなどの色々な思いが入り混じり、小屋に駆け寄った。どこからか覗けないかと小屋の周りを一周した。しかし、どこにも穴がない。

「いやっ」

と、中からおりさの声が聞こえた。

辰吉はたまらず、思い切り戸に体当たりした。しかし、戸は破れなかった。もう一度、少し離れてから戸に向かって走り、体当たりをした。

戸を破り、辰吉は体ごと小屋の中に転がり込んだ。

辰吉は素早く立ち上がった。

目の前に、さっきの男と他にも四人いる。背が高く、色白なのが勝次郎であった。まるで、役者のように整った顔で、貫禄《かんろく》があった。おりさは勝次郎に腕を摑《つか》まれていた。

そして、勝次郎から少し離れたところに、額に傷がある浅黒い顔の男が匕首《あいくち》を片手に立っていた。

「石助!」

辰吉は思わず声を上げた。

「何だ、てめえは」

石助は睨《にら》みつけるようにして、辰吉を見た。やはり、耳が聞こえないというのは嘘《うそ》だ。辰吉の言葉に反応したのだ。

「こいつは忠次親分の手下の辰吉っていう奴ですぜ」

ひとりが言った。その声に聞き覚えがある。松太郎を追っていた奴だ。一体これはどういうことなのだろうか。勝次郎たちは石助を追っていたのではないのか。それなのに、なぜ一緒にいるのだ。

辰吉は素手で構えた。

「岡っ引きの手下でも構わねえ、やっちまえ」

勝次郎が子分たちに命じた。

ひとりが匕首を抜いて、辰吉に飛び掛かってきた。

辰吉は体を躱《かわ》し、素早く相手の腕を取り、捻《ひね》り上げた。その男の手から匕首がこぼれ落ちた。

続いて、小太りの男が匕首を振りかざして向かってきた。

辰吉は横に飛びながら、相手に蹴《け》りを入れた。さらにもうひとりが匕首を片手に突っ込んで来たのも躱して、匕首を奪い取った。

「おい、この娘がどうなってもいいのか」

勝次郎が言った。

振り向くと、おりさは喉《のど》に匕首が突きつけられている。

「ちょっとでも動いたら、この娘の命はないと思え」

勝次郎が匕首をおりさの白い肌を軽く引っ掻《か》くように動かした。

辰吉は注意深く周りを見渡した。

何か勝次郎の気を引くものがあれば、その隙《すき》におりさを救い出せる。ふと、勝次郎の横に葛籠《つづら》が積み重なっているのが見えた。それを倒せば……。

辰吉は勝次郎に気付かれないように、機会を窺《うかが》った。

勝次郎が一瞬、おりさを見た。

辰吉は葛籠を目掛けて動こうとした。

その瞬間、辰吉の背後に迫る気配がした。

咄嗟《とっさ》に避《よ》けた。

だが、体勢を崩して、片膝《かたひざ》をついた。

立ち上がろうとしたが、辰吉は横腹を思い切り蹴られた。

石助だった。

辰吉は匕首を持ったまま、横に倒れ込む。

手に重みを感じた。見上げると、石助が手首を踏みつけていた。さらに、子分のひとりが辰吉の体を押さえつける。

石助は辰吉の匕首を蹴った。匕首は壁の方に滑って行った。

「覚悟しろ」

石助がそう言いながら、辰吉に向かって匕首を振りかぶった。

辰吉は思わず目を瞑った。

「うっ」

突然、石助の声がした。

目を開けると、石助が倒れている。

繁蔵がそこにいた。手下の圭太も一緒だ。

「繁蔵親分！」

辰吉は自分の体を押さえつけている男の片手を取って、投げ飛ばした。

繁蔵は石助を杖《つえ》で叩きのめしている。

勝次郎に目を遣《や》ると、焦ったような顔をしている。おりさの喉元から匕首は外れ、繁蔵に向かって構えている。

横から圭太が素手で勝次郎に摑み掛かった。

勝次郎は、圭太を振り払った。

その時に、辰吉は勝次郎に飛び掛かろうとしたが、勝次郎は辰吉に向かって匕首を振りかざしてきた。それをかいくぐって鳩尾《みぞおち》に鉄拳《てっけん》を喰《く》らわせた。

勝次郎は低いうめき声をあげて、うずくまった。

辰吉は勝次郎の右腕を取り、その腕を背中に回して勝次郎を地面に押し付けた。

圭太が勝次郎に縄を掛けた。

「ありがとう」

辰吉は礼を言って、繁蔵を振り返った。

すでに繁蔵は石助を捕らえていた。石助はひざまずいて、両手を後ろに回して縛られている。

勝次郎の子分たちはいつの間にか姿を消した。

「繁蔵親分、どうしてここに？」

辰吉が訊《たず》ねた。

「石助がここをねぐらとしていることがわかって来てみたら、このありさまだ」

繁蔵が厳しい顔で言った。

「でも、一体どうしてこいつらが一緒にいるんです？　親分は勝次郎たちに石助を襲うように言ったわけでしょう？」

「こいつらに直接きいてみたほうが早え」

繁蔵が石助の襟元を摑んだ。

「これはどういうことだ」

辰吉がきいた。

「……」

石助は顔を背けたまま、何も答えなかった。

繁蔵は手を離して立ち上がってから、石助の胸元に蹴りを入れた。石助は仰向《あおむ》けにひっくり返って、地べたに頭をぶつけた。

「親分、乱暴は……」

辰吉が止めようとした。

「こんな奴らは甘やかしちゃいけねえ。殴ろうが、蹴ろうが、こっちの勝手だ」

繁蔵はそう言って、石助の髷《まげ》を摑み、顔を持ち上げて、再び地面に叩きつけた。

鈍い音がする。

「いけませんぜ、こんなことをしちゃ」

辰吉は繁蔵の手を摑み、止めに入った。

「お前は引っ込んでろ」

繁蔵は声を荒らげた。

「いえ、いくら吐かせるためとはいえ、岡っ引きがそんなことしていいわけありませせん」

辰吉は負けじと言い返す。

すると、「俺が……」と石助が小さな声を出した。

繁蔵は石助の上体を起こす。

辰吉には、俺のやり方が正しいんだとばかりに見下すような目を向けてきた。

「話してみろ」

繁蔵がとげとげしく言う。

「勝次郎が俺に話を持ち掛けてきたんだ。お前さんを殺そうとな」

「そんなことだろうと思った」

繁蔵が鼻で笑った。

「親分どういうことですか」

辰吉がきいた。

「勝次郎たちは元々俺に恨みを持っていたんだ。だから、石助と組んだんだ」

繁蔵がふたりを睨むようにして言う。

石助の狙いは繁蔵と松之助の両方に復讐をすることだ。松之助の居場所はわからない。だから、おりさを殺すことで松之助に復讐しようとしたのではないか。

石助はおりさが『川萬』で働いているということを何かしらで知った。ただ、自分が顔を出したら、おりさに逃げられてしまうと思い、勝次郎たちにおりさをおびき寄せてもらった。そして、この小屋でおりさを始末でもしようとしたのだろうか。

辰吉は勝次郎に近づく。

「おい、石助に頼まれて、おりささんを連れてくるように言われたな」

辰吉はきいた。

「ああ……」

勝次郎は小さく答えた。

辰吉は、今度は石助に向かう。

「おりささんを松之助の代わりにしようとしたんだな」

辰吉が強い口調で訊ねた。

「辰吉、ここで何をきいても答えてくれねえ。大番屋で取り調べる」

石助は惚ける。

「何のことだ」

繁蔵が口を挟んだ。

「でも……」

辰吉は繁蔵が自分の都合の悪いことを隠したいだけなのではないかと思った。

「おい、行くぞ」

繁蔵は辰吉を無視するように圭太に告げた。

「へい」

圭太は勝次郎を立たせた。

繁蔵と圭太は石助、勝次郎を引き連れて小屋を去って行った。

辰吉はその後ろ姿を見送りながら、どこか不安であった。石助が仮に本当のことを喋ったとしたら、繁蔵が罪のないひとを捕まえたことが明らかになる。しかし、繁蔵なら何か手を打ちそうだ。自分の都合のいいように罪を作り上げて、また石助を島送り、いや今度は死罪にでもさせるつもりではないか。

石助が松之助の代わりにおりさを殺そうとしたことは許せない。だが、十七年前に繁蔵が石助を捕まえなければ、そもそもこんなことにはならなかった。いくら、石助が悪い奴だからと言っても、そんなことをしてよかったのだろうか。

「おりささん」

辰吉は振り向いて、声を掛けた。

おりさは隅の方でしゃがみ込み、頭を抱えていた。

「大丈夫かい」

辰吉は近寄った。

「辰吉さん、思い出したわ」

「思い出した？」

「ええ、さっきあの額に傷がある男を見たとき、全てが蘇《よみがえ》ってきたの」

「聞かせてくれ」

そう言うと、おりさが立ち上がった。

「私には父がいなくて、母も二歳の時に亡くなった。二歳までは深川に住んでいたんだけど、それから親戚《しんせき》の家に引き取られて、染井村で育ったの」

辰吉が調べたことと一致する。

「おっ母さんは小千代っていう名前だな」

「ええ、父は死んだと言われて育ってきたんだけど、父の墓もないし、不思議に思っていたの。去年墓参りしたときに偶々《たまたま》母の墓石の前で手を合わせていたひとがいて、そのひとを一目見たとき、もしかしたら、お父つあんかもしれないと思ったんだ。そのひととは、また今年も同じ刻限にお墓で会おうって約束して別れたわ」

おりさはひと呼吸おいてから、また続けた。

「一月ほど前に染井村にあの男が現れたの。父の古い知り合いで与三郎と名乗ったわ。与三郎は私に父がどこに住んでいるのか知らないかときいてきた。私は正直に父は死んだと言われて育ってきたことを話して、でも去年墓参りしたときに会った男がもしかしたらそうじゃないかと伝えたの。そしたら、与三郎は母の命日をきいてきて、一緒に墓参りに行っても構わないかときいてきたんだ」

「それで、徳善寺まで一緒に来たのか」

辰吉はきいた。

「そう」

おりさが頷いた。

「一緒に深川に調べに行ったとき、団子を買ったり、腰掛茶屋に入ったりしていたな?」

辰吉は確かめた。

「うん」

「店の人たちが、おりささんがずっと押し黙っていたと言っていたが？」

「別に始終黙っていたわけではないんだけど、与三郎と話していくうちにちょっと違うなって気が付いたの」

「違うっていうのは？」

辰吉がきき返した。

「古くからの父の知り合いっていう割には、父のことを全く知らないような感じだったし、どこか父を憎んでいるような節があったの。でも、団子屋とか腰掛茶屋とか、あと宿屋に行ったときは与三郎の本当の狙いはわからなかったんだけど」

「じゃあ、いつわかったんだ？」

「翌日のお墓でよ。しばらく経っても、去年現れたひとは現れなかったの。そしたら、与三郎が急に十七年前にあった殺しの話をしてきたの。知り合いがその時にやっていないのに捕まったって言っていたわ。真の下手人は他にいて、そいつを探しているらしいって。その時、その知り合いっていうのが実は与三郎で、真の下手人が父だと思った」

おりさが複雑な表情をして言った。

「それで、与三郎から逃げ出したのか」

「うん。与三郎が追いかけてきて、逃げる途中にどこかで頭を打って、何もかも忘れてしまったの」

おりさはそう言うと、辰吉の目を見た。おりさの目は濡《ぬ》れていた。父親が人殺しだと知ってなのだろうか。与三郎に追われたことを思い出したのか。それとも、他に理由があるのだろうか。

「そういや、どうしてあの小太りの勝次郎の子分に付いて行ったんだ？」

辰吉は、ふと思い出してきいた。

「それはね、辰吉さんに話があるから連れてきてくれと頼まれたと言っていてね。辰吉さんが胸のうちを明かすようなことを、あの男が言っていたから。少し早く上がらせてもらったの」

「そういうことだったのか」

辰吉は、安堵《あんど》した。

どこからか暮れ六つ（午後六時）の鐘が聞こえてきた。

ふたりは神社を出て、歩き出した。

五

数日後の朝、辰吉がいつものように忠次の部屋に行き、兄貴分の手下たちも集まってから、忠次が話し出した。

「石助が繁蔵親分とおりさを殺そうとしたことを認めたそうだ。理由としては、道端で繁蔵と肩がぶつかったことを恨みに持っていたことと、おりさに話しかけたが無視されて逆上したと言ったそうだ」

「じゃあ、十七年前の殺しについては、何も言っていないんですね」

辰吉がきいた。

「ああ」

忠次が頷いた。

やはり、繁蔵のやり方は許せないと改めて思った。だが、助けてもらった恩もある。

辰五郎が言うように、少しは人を思いやる気持ちを持ち合わせていることだけはわかった。

「辰吉、まだ繁蔵親分に礼を言いに行っていないそうだな」

「あっ、はい」

「助けてもらったんだ。ちゃんと、礼儀は尽くしておけ」

忠次が告げた。

「わかりました」

辰吉はそれからすぐに箱崎町の繁蔵の家に行った。繁蔵はちょうど家を出るところで、土間で草履に足を通していた。

「親分、この間はありがとうございました」

辰吉は頭を下げた。

「礼には及ばねえ」

繁蔵はあっさりと答えて、

「そうだ、辰五郎に伝えておいてもらいたいことがあるんだ」

と、思い出すように言った。

「何ですか？」

辰吉がきいた。

「松之助は府中《ふちゅう》にある新法寺《しんぽうじ》というところで住職をしているはずだと」

繁蔵がそう言って、土間を出た。辰吉も付いて行った。

「どうして、親分がそれを？」

「俺があいつをそこに遣ったんだ」

「え？」

「それから、松之助は殺すつもりはなくて、刃物で脅して金を奪おうとしただけだ。その時に、なぜか女が刃物に身を投げてきたそうだ」

「どういうことですか」

「女は自ら死んだんだ。ともかく、辰五郎に伝えておけ」

繁蔵は歩き出した。

辰吉は繁蔵にこれ以上きいても何もわからないと思い、大富町の『日野屋』に向かった。

勝手口から入り、居間に行くと辰五郎は煙管を咥えていた。

「辰吉、ご苦労だったな。忠次から聞いたぞ」

辰五郎が嬉《うれ》しそうに声をかけてきた。

「いま繁蔵親分から親父に伝言を預かってきた」

辰吉が言った。

「俺に伝言？」

辰五郎がきき返した。

「松之助は府中にある新法寺というところで住職をしているらしい。繁蔵親分がそこにやったって言うんだ」

「新法寺か……」

辰五郎は何か思い当たるような顔をして、

「あそこは孤児たちを育てているんだ。繁蔵がそこに遣ったということは、松之助に罪を償わせようとしたのかもしれねえな。やっぱり、繁蔵は俺が思っていたよりも、うんと良い親分なのかもしれねえ。傍《はた》から見たら、嫌な岡っ引きだがな」

「止《よ》してくれよ。繁蔵親分は今回の件でも、十七年前に誤って捕まえたから、石助が復讐しようとしたということを握りつぶしたんだ。いくら、石助が悪い奴だからと言っても、卑怯《ひきょう》なやり方だ」

辰吉は責めた。

「まあ、やり方は汚いかもしれねえが……」

辰五郎も考えるように言った。繁蔵のことを認めているようだ。

「それから、松之助のことだけど、殺すつもりはなく、金を奪うために刃物を突き付けただけだ。だけど、相手の女が刃物に身を投じてきたそうなんだ。また松之助を逃がしたことの言い訳で、繁蔵親分の作り話かもしれねえが」

「いや、そうじゃねえ。それは本当かもしれない」

「どういうことだ」

「母親は自分の倅がまっとうになるようにお詣りしていたんだ。だが、一向に素行は改まらなかった。自分が死ねば、心を入れ替えると思ったんじゃないか。いや、そうに違いねえ」

辰五郎が自分に言い聞かせるように言った。

「そこまでするもんか？」

「それが親ってもんだ」

辰五郎がしんみりと言い、

「でも、そのお陰でまっとうになったんだ。母の想《おも》いが通じたんだ」

「『大川屋』の旦那はそのことを聞いたら、どう思うんだろうな」

「いや、言わないでおく。これでいいんだ」

辰五郎は呟いた。

「これから、おりさに松之助のことを伝えに行こうと思う」

辰吉は告げた。

「もしよかったら、おりさを連れて府中まで行ってみたらどうだ?」

「え? 俺が?」

「女のひとり旅も不安だろう。それに、俺からも松之助に伝えてもらいたいことがある。本当は俺が行ければいいんだが、これでも一応店にいなきゃならねえから」

と、辰五郎は一旦《いったん》自分の部屋に行き、しばらくしてから文を持って来た。

「これを渡してくれ」

辰五郎が差し出した。

「何て書いてあるんだ」

辰吉は受け取ってきいた。

「あいつが俺を訪ねてきたとき、何を言いに来たのかはわかった。ちゃんと、罪を償っていると聞いてホッとしているってことだ」

「わかった。じゃあ、おりさを誘ってみる」

辰吉は『日野屋』を離れた。

夜になり、辰吉は『川萬』の前で待っていた。

おりさが嬉しそうにやって来た。

「お前さんのお父つあんがいまどこでどうしているのかがわかったんだ」

辰吉が唐突に切り出した。

「え？　本当？」

おりさが驚いたようにきいた。

「ああ、府中にある新法寺で住職をしているらしい。この寺は孤児を育てているそうだ。親父が言うには、罪の償いをしているんじゃないかって」

「そうなのね」

「よかったら、そこへ行ってみるか」

辰吉はきいた。

「でも、仕事が……」

「府中なら二日あれば帰って来られる。その間だけ休むことは出来ねえか。今年、お父つあんが現れなかったってことは、何かあったのかもしれねえ。会いに行った方がいいぜ」

辰吉は勧めた。

「わかった。じゃあ、いま旦那さまにきいてくる」

おりさは裏口から店の中に入った。

少ししてから、笑顔で戻ってきた。

「旦那さまが許してくれたわ」

「よかった。なら、明日にでも出発しよう」

「辰吉さんも付いて来てくれるの？」

「当たり前だ」

辰吉がそう言うと、おりさは満面の笑みをこぼした。

夜空は澄んでいる。雨の降りそうな雲もなかった。明日も晴れると思った。

翌日の朝早く、ふたりは日本橋を発《た》った。

府中はここから九つ目の宿場である。内藤新宿《ないとうしんじゅく》で蕎麦《そば》を食べて、暮れ六つ前には府中宿に着いた。

そこで食事をしてから、店の者に新法寺の場所をきいた。

新法寺は宿場から半里（二キロメートル）ほどのところにあるそうだ。

甲州街道から外れ、畑の間の道をしばらく進んで行くと、やがて新法寺に辿《たど》り着いた。山門をくぐり、境内《けいだい》に入ると七、八人の小さい子どもたちが遊んでいた。

本堂の石段に腰を下ろし、子どもたちを見守っている痩《や》せた中年の僧侶がいた。咳《せき》をしていて、辛《つら》そうな顔をしている。

「あのひとだ」

おりさが声を上げた。

すると、僧侶もこっちに気が付いたようで、顔を向けた。

僧侶が立ち上がろうとしたので、ふたりはそこまで駆けて行った。

「どうして、お前さんがここに……」

僧侶は驚いたような顔をしている。

「あなたが私のお父つあんなんでしょう」

おりさが言った。

「……」

僧侶は目を潤ませていたが、答えない。

「松之助さん、あっしは岡っ引きの辰五郎の倅の辰吉と申します」

辰吉が声をかけた。

「えっ？　親分の……」

「これを預かって来ました」

辰吉は懐《ふところ》から文を取り出して、差し出した。

松之助は受け取ると、文に目を通した。

その手が震えていた。

「やっぱり、親分は何もかもお見通しだったのか」

松之助が呟いた。

「ねえ、あなたが私のお父つあんでしょう?」

おりさがもう一度きいた。

「そうだ。今まですまなかった。一度たりともお前のことは忘れたことがない。ただ、人を殺しておいて、お前を幸せに出来ないと思って、繁蔵親分の言う通りにしたんだ。実は毎年おっ母さんの命日に俺も墓参りをしていたのだ。だから、陰ながらお前のことを見ていた。今まですまなかった」

松之助は深々とおりさに頭を下げた。

「何にも謝らないで。私、ずっとお父つあんは死んだと思っていたから、こうして会えてうれしいの」

おりさが優しい口調で語り掛けた。

「体のほうはどう?」

「もうだいじょうぶだ」

松之助は笑顔で答えた。

ふたりの横顔が、どことなく似ているような気がした。

「私は子どもたちの世話があるから、庫裏《くり》に上がって待っていてくれ」

松之助が歩き出した。

辰吉は改めて、おりさを見た。

「ようやく片が付いたな。これからどうするんだ？」

辰吉はきいた。

染井村に戻ってしまうのか、あるいは父親と一緒に暮らすのか。突然寂しい思いに駆られた。

おりさはどこか一点を見つめて、

「そうね……」

と、考え込んだ。

辰吉には、その間がとてつもなく長く感じた。

もし染井村に戻るとしたら、会えなくなる。そんなことを考えると、どうしようもない気持ちになる。

「おりささん」

辰吉は答えを待てずに声を掛けた。

「なに？」

「こんなことを言うのはおこがましいかもしれねえが、俺はおりささんと離れたくねえんだ。おりささんと毎日会っていたい。だから、江戸に残って欲しい」

辰吉は真剣な目で訴えた。

「うん」

おりさは頷いた。

「残ってくれるのか」

辰吉は思わず確かめた。

「私も辰吉さんと一緒にいたい。一度、親戚に江戸に住むことにすると訳を話しに行かなきゃならないと思うけど、『川萬』で働き続けるわ」

おりさは笑顔で答えた。

辰吉の顔にも笑みが浮かんだ。

思わず、おりさを抱きしめた。

おりさも辰吉の胸にぐっと顔を押し付けた。

「心の臓が速くなっている」

おりさが言った。

「当たり前だ。好きな女と一緒にいるんだから」

辰吉は緊張しながら言った。

「え？　いま好きって？」

おりさが顔を離して、辰吉の目をしっかり見ながらきいた。

「ああ」

辰吉は力強く頷いた。

「私も辰吉さんのこと、好きよ」

おりさが照れながら言い、庫裏の方に走っていった。辰吉は心を弾ませながら、おりさの後を追った。

本書は時代小説文庫（ハルキ文庫）の書き下ろし作品です。

時代小説文庫
こ 6-36

親子《おやこ》の絆《きずな》を確《たし》かめて　親子十手捕物帳《おやこじってとりものちょう》❹

著者　小杉健治《こすぎけんじ》
2020年7月18日第一刷発行

発行者　角川春樹

発行所　株式会社 角川春樹事務所
〒102-0074 東京都千代田区九段南2-1-30 イタリア文化会館

電話　03(3263)5247[編集]　03(3263)5881[営業]

印刷・製本　中央精版印刷株式会社

フォーマット・デザイン&シンボルマーク　芦澤泰偉

ISBN978-4-7584-4350-0 C0193　

http://www.kadokawaharuki.co.jp/[営業]
fanmail@kadokawaharuki.co.jp[編集]　ご意見・ご感想をお寄せください。